Hermann Schulz

Mandela et Nelson
Le match retour

Traduit de l'allemand par Dominique Kugler

l'école des loisirs
11, rue de Sèvres, Paris 6ᵉ

Du même auteur à *l'école des loisirs*

Collection NEUF

Mandela et Nelson

Collection MÉDIUM

Sur le fleuve

ISBN 978-2-211-22210-6

© *2016, l'école des loisirs, Paris, pour la présente édition*
dans la collection « Maximax »
© *2014, l'école des loisirs, Paris, pour l'édition française*
© *2013, Aladin Aladin GmbH*
Titre de l'édition originale : « Mandela & Nelson, das Rückspiel »
(Aladin Aladin, Hambourg)
Loi n° 49.956 du 16 juillet 1949 sur les publications
destinées à la jeunesse : mai 2014
Dépôt légal : mai 2016
Imprimé en France par CPI Firmin Didot
à Mesnil-sur-l'Estrée (129152)

Édition spéciale non commercialisée en librairie

Willi nous réserve une surprise

Tu te demandes peut-être pourquoi les joueurs et les joueuses du football club de Saadani traînaient encore, aussi tard, dans un restaurant, sur la plage de Bagamoyo : je vous ai raconté cela en détail dans mon précédent récit, *Mandela et Nelson*. J'ai raconté tout ce que nous avons dû faire en une semaine. Comment, en prévision du match contre l'équipe allemande, il a fallu aménager le terrain qui était, disons-le, en piteux état. Comme notre confiance en nous, d'ailleurs. Il s'agissait d'affronter une équipe allemande entraînée par un professionnel et tout, mais on ne s'est pas découragés pour autant ! Jusqu'à la dernière minute où Yakobo a marqué, ce match avait été une vraie fête populaire, Noirs et Blancs mélangés.

Nous étions en train de célébrer l'événement au Travellers Lodge. Nous, c'est-à-dire : les joueurs, les entraîneurs et une foule d'invités. Helen, la patronne blonde de l'hôtel-restaurant, était débordée : elle avait rarement eu autant de monde.

Il ne restait plus une miette dans nos assiettes, pourtant nous nous attardions encore un peu, fatigués mais heureux. Je ne savais pas qu'en toute fin de soirée une nouvelle aventure allait s'annoncer. Et quelle aventure !

Les projets fous de Willi

À travers l'obscurité, un mélange de rires, de chansons, de tam-tams nous parvenait de la plage. Des feux avaient été allumés un peu partout dans de vieux bidons d'essence. L'ambiance était super sympa après notre grand match. Au restaurant, les footballeurs des deux équipes étaient toujours attablés et bavardaient. Ça discutait dans toutes les langues. Surtout avec les mains. Quelques enfants en profitaient pour toucher encore, avec un peu d'appréhension, la peau blanche des joueurs allemands. Était-ce possible qu'elle soit aussi claire ou bien était-elle peinte ? Autour du bar et dans le jardin se pressaient au moins une centaine de personnes, parmi lesquelles papa et maman.

Nous fêtions la victoire de notre équipe de Bagamoyo contre une équipe junior allemande. Cinq buts à quatre. Mais à présent, le résultat du match, c'était secondaire. En tant que capitaine de l'équipe, j'avais encore quelques points à éclaircir avec Willi, l'entraîneur allemand. Du coup, je ne suivais que d'un œil et d'une oreille ce qui se passait dans le joyeux cafouillage, autour de nous.

Hanan s'était éclipsée dans le jardin avec Soner, le gardien de but turco-allemand. Sans doute notre joueuse de défense voulait-elle passer pour une fois à l'offensive. Ou alors elle tenait absolument à apprendre le turc. Jusqu'à présent, j'ignorais qu'il fallait obligatoirement se tenir par la main pendant les cours de langue… Mais, après tout, ça ne me regardait pas.

Soudain Mandela, ma sœur jumelle, avait enfilé ses leggings rouge vif et son maillot aux couleurs de notre pays. Comment avait-elle réussi à mettre la main sur des vêtements propres aussi vite? Mystère. Mais je devinais ce qu'elle avait derrière la tête.

Au bar, Hanifa expliquait à la patronne quelle

musique il fallait mettre. Si je n'avais pas été aussi occupé, j'aurais volontiers réglé ça moi-même avec Helen.

Déjà les haut-parleurs vrombissaient et Mandela était en piste. Un solo comme ça, tu n'en verras pas tous les jours, même en Afrique ! Sous un tonnerre d'applaudissements, elle dansa pendant dix minutes sur la table, entre les assiettes et les verres. Sans rien casser. Un numéro fantastique ! Mandela Kitumbo ne pouvait pas résister à l'envie de danser devant un tel public : l'occasion était trop belle.

Bien que très concentrée, elle ne manqua sûrement pas de remarquer que Willi, l'entraîneur allemand, et moi-même l'observions aussi avec admiration. Nous étions tous les deux en grande discussion depuis qu'elle avait commencé à danser. Et j'aurais parié qu'elle brûlait d'envie de savoir de quoi nous parlions. Je connaissais bien ma sœur : curieuse comme elle était, elle trouverait bien un prétexte pour nous tirer les vers du nez, à Willi ou à moi. Ce n'était qu'une question de temps.

Au passage, je tiens à vous signaler que moi, Nelson Kitumbo, je ne suis pas reconnu seulement comme footballeur. J'ai aussi une réputation de bon danseur. Mais Mandela avait le chic pour se mettre à danser au bon moment, tandis que moi je préférais rester dans l'ombre, par pure modestie. Mais la modestie, Mandela ne connaissait pas. Enfin, quand on a une sœur, on est bien obligé de la prendre telle qu'elle est. Et au fond, nous formions tous les deux un bon tandem.

Willi, entraîneur de nos adversaires et aussi arbitre du match, s'était déjà douché et changé. Ses cheveux roux, encore mouillés, étaient plaqués sur son crâne. Nous venions de discuter longuement de la question de savoir pourquoi il n'aurait pas dû nous accorder le dernier but.

Soudain Mandela fit irruption à notre table. Son maillot trempé de sueur lui collait au corps. Malgré l'heure assez tardive, il faisait encore chaud. Seule une petite brise de mer soufflait avec un léger chuintement à travers le toit de paille. On entendait le grondement de l'océan, quand il n'était pas couvert par les rires de tout ce monde. Mandela chassa gentiment le petit Sam Njuma et demanda tout bas à Nicki d'aller lui chercher un Coca. Elle n'eut qu'à lui faire une grosse bise sur la joue pour que celui-ci se lève d'un bond et se faufile jusqu'au bar. Ma sœur prit sa place, juste en face de Willi et moi.

— Quand tu danses, tu es encore plus impressionnante qu'en défense sur le terrain, s'exclama Willi avec un grand sourire. C'est absolument phénoménal ! Fantastique !

Et même moi, son frère, moi qui suis exprès avare de compliments, je lui adressai un signe de tête approbateur.

Mandela prit un verre de Coca encore à moitié plein, probablement celui de Nicki, et le vida d'un trait.

— Et si tu voyais Nelson danser !

Avec quelle habileté elle s'était immiscée dans notre conversation !

— De quoi vous parlez encore, tous les deux, hein ?

Je réussis tout juste à balbutier :

— Nous parlons de... d'une erreur d'arbitrage.

Un peu embarrassé, je me tournai vers Willi. Mandela revint à la charge :

— Comment ça ? Qu'est-ce qui s'est passé ?

— Rien de très important. Je te raconterai ça demain.

Je pouvais bien la faire languir un peu. Le but de la victoire, Yakobo, notre gardien, l'avait tiré pieds nus et, en fait, Willi aurait dû siffler une faute. Voilà de quoi nous avions discuté.

— Nelson avait des problèmes purement techniques à débattre avec moi, lâcha Willi qui n'avait pas envie, lui non plus, de remettre la question sur le tapis.

C'était l'heure de la fête. Les joueurs sortaient d'un combat de quatre-vingt-dix minutes dans la chaleur et la poussière, et ça se voyait. Certains étaient affalés sur leur chaise comme des boxeurs KO. Mais malgré tout, l'ambiance restait extraordinaire.

— Ah, autre chose ! lança Willi pour changer de conversation, tout en faisant signe au serveur.

Nicki posa un Coca devant Mandela. Comme elle avait pris sa chaise, il expédia Tutupa sous un prétexte quelconque, dont je n'ai pas la moindre idée, et s'installa à sa place. Était-ce pour savoir de quoi nous parlions ? Ou pour s'asseoir près de ma sœur ? Ça ne m'aurait pas étonné : il n'avait d'yeux que pour elle.

— Autre chose ? De quoi tu veux parler ? demandai-je à Willi.

— Eh bien, en général, l'usage veut que l'on fasse un match retour. Dans les compétitions internationales, c'est comme ça.

J'étais complètement largué.

— Demain, tu veux dire ? Mais comment veux-tu qu'on remette le terrain en état d'ici demain ? Et puis les gars sont lessivés ! protestai-je avec véhémence.

— Mais noooon ! Sur notre terrain, répondit Willi en prenant tout son temps. Quelque part dans la Ruhr. Le mieux, ce serait à Dortmund. On a deux beaux stades, là-bas. Qu'est-ce que vous en pensez ? Et pourquoi pas un second match à Ahlen, la ville où j'habite ?

Je devais avoir l'air de quelqu'un qui s'est fait piétiner par un zèbre.

— T'es dingue, Willi ! Il faudrait que je mette mon argent de poche de côté pendant cent ans pour acheter un billet d'avion. Et encore, un aller simple !

Mandela était tout ouïe, curieuse d'entendre la suite. Willi éclata carrément de rire.

— Si on vous invite, ce sera à nos frais, voyons ! Il faut que j'en discute avec notre fan-club, on va peut-être pouvoir s'arranger.

— Ce serait plutôt cool, hasardai-je alors d'un air détaché. J'ai vu le stade du Borussia Dortmund à la télé. Il a l'air pas mal du tout.

J'hésitai, donnai un grand coup de coude à Willi et lui dis, d'un air enjoué :

— Alors un conseil, Willi : s'il y a un match retour, ne fais pas la même erreur que moi !

Son verre de bière toute fraîche à la main, il me dévisagea, bouche bée.

— Quelle erreur, Mister Nelson ? De quelle erreur parles-tu ?

En lui donnant une bonne claque sur l'épaule, j'expliquai très sérieusement :

— Si tu ne veux pas faire la même boulette

que moi, n'oublie pas de dire aux paysans de chez vous d'emmener leurs vaches paître ailleurs, le jour du match.

Willi mit un moment à comprendre. Puis il s'esclaffa et hurla quelque chose dans sa langue à ses compagnons attablés. Les joueurs allemands furent pris d'un fou rire incontrôlable.

Je m'explique : cinq minutes avant la fin de notre match, un troupeau de vaches avait traversé le terrain. Willi avait dû siffler un arrêt de quelques minutes. Le public était hilare. J'avais oublié de prévenir le paysan qu'il y avait un match ce jour-là.

Ensuite, je demandai tout bas à Willi :

– C'est vraiment sérieux, cette histoire de match retour ?

Il me répondit à voix basse, mais Mandela n'en perdit pas une miette.

– Ce serait fantastique, non ? Je ne peux rien te promettre pour l'instant, mais je vais faire tout mon possible. J'enverrai un e-mail à votre entraîneur, Nkwabi, pour lui dire si ça peut marcher ou pas. Ensuite, ce sera à vous de voir. Pour l'instant ce n'est qu'une idée qui vient de me passer par la tête. Tu comprends ?

Sincèrement, je ne voyais pas comment on aurait pu prendre l'avion pour l'Allemagne avec l'équipe de Bagamoyo au grand complet. Mais ce Willi n'était pas un baratineur. S'il disait ça, c'est qu'il le pensait vraiment. Il avait promis d'essayer, rien de plus. Peut-être parce qu'il aimait l'ambiance de chez nous et qu'on s'était tous très bien entendus.

Est-ce que ça allait vraiment se concrétiser ? Je décidai de ne plus y penser. J'avais trop peur d'être déçu si ça ne marchait pas.

Vers minuit, la plupart des joueurs allemands allèrent se coucher. Certains d'entre nous aussi étaient déjà partis ; Hanan et Soner avaient disparu depuis une heure. Pour un cours de turc, j'imagine.

Saïd, lui, engloutissait la seconde portion de nouilles au poulet qu'il s'était commandée. Le pauvre, il avait un sacré travail à rattraper. Il n'y avait pas si longtemps, il passait encore douze heures par jour à vider et nettoyer des poissons sur la plage pour nourrir sa famille. Et puis mon père l'avait embauché dans notre terrarium, notre élevage de serpents.

Papa nous fit signe de venir. D'une tape sur l'épaule, je pris congé de Saïd, Mirambo, Nicki, Kongo-Otto et Tutupa. Mandela congédia le petit Sam Njuma d'un baiser sur la joue. Il n'avait que cinq ans : il était grand temps qu'il aille au lit. Il avait chipé un ballon qu'il essayait de cacher sous son maillot.

Sans résister le moins du monde, je laissai Helen, la patronne de l'hôtel-restaurant, me serrer dans ses bras une nouvelle fois. Et personne ne fit de remarque idiote.

Willi nous raccompagna jusqu'à la route.

– À demain, Willi, lui lançai-je en partant. Nous viendrons tous vous dire au revoir quand vous embarquerez dans le car.

Après quoi nous prîmes le chemin de la maison.

Le lendemain, les adieux furent à la fois tristes et beaux. En faisant de grands signes à nos amis installés dans le bus, certains avaient les larmes aux yeux. Même ma sœur Mandela. Je l'avais vue glisser un petit papier dans la main de Nicki et l'enlacer furtivement une dernière fois. Tout à l'arrière du bus, Soner, le goal, avait le nez collé à la vitre, et Hanan pleurait pour de vrai. Parce qu'elle n'avait pas eu assez de temps pour apprendre le turc, sans doute.

Il ne fut plus question du match retour pendant quelques mois. Je n'avais pas parlé du projet de Willi aux joueurs de notre équipe. Et Mandela tint sa langue, ce qui m'étonna beaucoup.

Mieux vaut ne pas faire naître de faux espoirs.

« *Les Blancs ne sont pas plus bêtes que nous* »

Notre père a beaucoup de talent pour raconter des histoires. Mais il le montre rarement. Il est plutôt du genre calme, comme moi.

Il revenait d'un voyage à Dar es-Salaam avec des amis. À mon avis, il n'était jamais allé aussi loin. Mandela et moi n'avions pas compris ce qu'il voulait faire à Dar. Peut-être y trouver de nouvelles idées pour son élevage de serpents. Nous devions nous occuper du jardin de l'école, biner les champs de mil et collecter les ordures sur les parkings de la Réserve naturelle de Saadani.

Ce travail accompli, Mandela, Hanifa et Hanan, nos trois joueuses de défense, étaient allées faire un tour au marché. Quand les marchands remballaient, en fin d'après-midi, on pouvait faire de bonnes affaires en ramassant quelques restes.

Moi, j'avais traîné avec Yakobo sur le port, où un requin mort s'était échoué. Et ça m'avait mis en retard.

À la maison, papa, maman, Saïd et Mandela venaient de finir de dîner. Mais comme ils étaient encore attablés en train de discuter, j'échappai à l'engueulade.

— Continue ton histoire, Calvin! lança maman, tout en allumant la lampe à huile.

Chez nous, il n'y a l'électricité que jusqu'à huit heures du soir. Sans un mot, maman posa devant moi une pleine assiette de riz aux légumes.

— Eh bien, commença papa, nous étions sur le chemin du retour. Le bus était plein comme un œuf. Il y avait même des gens debout. Au troisième arrêt après Dar es-Salaam, un Blanc est monté.

— Un Blanc dans le bus local? s'étonna maman.

C'est vrai que, le plus souvent, les Blancs se

déplacent dans leur propre voiture et ne prennent pas nos vieux bus tout brinquebalants.

— Oui, oui, un homme blanc, tout ce qu'il y a de plus normal, a confirmé papa. Il avait une cinquantaine d'années, ce n'était pas un de ces jeunes avec un sac à dos et des boucles d'oreilles, comme on en voit partout. Il a regardé autour de lui, tous les sièges étaient occupés. Un jeune garçon de quatorze ou quinze ans, assis deux rangées devant moi, s'est poussé un peu pour lui faire de la place.

— Et il s'est assis ? s'étonna Mandela.

— Oui.

— Et alors ?

— Alors les bavardages se sont tus. Tout le monde le regardait. C'est tellement rare, chez nous, un Blanc qui prend le bus.

— Oui, c'est rare, on le sait, s'impatienta maman. Continue !

— Cet homme portait des chaussures extraordinaires : des chaussures montantes avec des semelles très épaisses. Vraiment des gros souliers, solides. On les voyait parfaitement parce qu'il était en short, comme les soldats anglais de l'époque coloniale. Je crois que les Européens appellent cela des chaussures de randonnée. Et le jeune qui était assis à côté de lui – un garçon que je ne connais pas – n'arrêtait pas de les lorgner.

– D'accord, il lorgnait ses chaussures et puis ? le pressa maman.

Et papa continua. Bien sûr, Mandela, Saïd et moi étions aussi suspendus à ses lèvres. Pourtant je rentrais avec une nouvelle sensationnelle à leur annoncer. Mais cela attendrait : on n'interrompait pas Calvin Kitumbo, le directeur de l'élevage de serpents, quand il racontait une histoire.

– Ensuite le jeune garçon a dit quelque chose au Blanc, reprit tranquillement papa.

– Qu'est-ce qu'il lui a dit ? s'impatienta ma mère.

– Il lui a dit : « Bwana ! Donne-moi tes chaussures, s'il te plaît. »

– Quoi ? fîmes-nous d'une seule voix.

– Oui, il lui a lancé : « Bwana ! Donne-moi tes chaussures, j'en ai besoin. »

– Et le Blanc ? Qu'est-ce qu'il a répondu ? demandai-je.

— Arrêtez de m'interrompre tout le temps! Dans le bus, on aurait entendu une mouche voler : plus personne ne parlait. Tout le monde se demandait ce que le Blanc allait répondre. Il transpirait déjà, mais les Blancs transpirent toujours. Ils sont tellement peu habitués à la chaleur!

Papa se pencha au-dessus de la table et jeta un regard à la ronde.

— Le Blanc a dit : « Ça, ce n'est pas possible, mon garçon! Je ne peux quand même pas traverser l'Afrique pieds nus. »

Là, tous les gens ont éclaté de rire et se sont esclaffés : «Ah! Ah! Le bwana blanc ne veut pas traverser l'Afrique pieds nus!» Ils étaient littéralement écroulés. Mais le silence a fini par revenir et on n'a plus entendu que le bruit du moteur et de l'air qui rentrait par les fenêtres. Tout le monde se demandait comment cela allait finir. Sur ce, le jeune garçon s'est baissé, a enlevé ses chaussures, des vieilles baskets tout esquintées, et les a montrées au Blanc en proposant, le plus sérieusement du monde : «Je te donne les miennes en échange, comme ça, tu n'iras pas pieds nus.» Le Blanc a regardé un moment les baskets éculées.

«Elles sont beaucoup trop petites pour moi», a-t-il bougonné.

Les autres passagers ont marmonné leur approbation. On voyait bien au premier coup d'œil qu'elles étaient trop petites pour le bwana blanc.

Mon père se tut un instant et s'adossa contre sa chaise.

— Et après ?

Maman avait repris sa place à table, devinant que l'histoire n'était certainement pas finie.

— Le jeune a sorti un canif et, avec la lame, il a montré le bout de ses chaussures. «On pourrait les couper ici, pour faire de la place à tes orteils, a-t-il suggéré. Comme ça, elles t'iront, bwana!»

Le Blanc n'a pas répondu tout de suite. Il a regardé le couteau, puis les chaussures du garçon.

À ce moment-là, un vieux monsieur, un mzee aux cheveux blancs, s'en est mêlé. Il s'est levé et a lancé à la cantonade: «Écoutez-moi! Ce que propose ce garçon n'a aucun sens! Tout le monde sait qu'un Blanc ne peut pas se promener en Afrique avec les orteils qui dépassent de ses chaussures ! »

Pendant quelques minutes, les gens ont vivement discuté entre eux pour finalement donner raison au vieillard.

Mais lui n'avait pas fini : « En plus, ce Blanc m'a tout l'air d'être de ceux qui s'amusent à donner des coups de pied dans les vieilles boîtes de conserve, quand ils se promènent dans la rue.

— C'est vrai, ça se voit tout de suite », ont approuvé les autres passagers.

Furieux, le Blanc a protesté que jamais ô grand jamais il ne donnait de coups de pied dans des boîtes de conserve, en Afrique. Mais, en même temps, il semblait soulagé. Content que quelqu'un prenne son parti. À ce moment-là, le vieux monsieur a enlevé une de ses chaussures qu'il a montrée à la ronde en disant, assez fort pour que tout le monde l'entende : « J'ai une autre solution à proposer. On peut aussi rabattre le cuir, au niveau du talon, comme je l'ai fait moi-même. Regardez ! » De nouveau il leva sa chaussure pour que tout le monde la voie. Derrière, le talon était replié vers l'intérieur, comme sur des pantoufles. «Un bwana blanc peut aussi se promener en Afrique comme ça!»

Nouveau brouhaha d'un bout à l'autre du bus. «Oui, c'est bien, c'est judicieux comme proposition. Le bwana blanc peut marcher comme ça, c'est la meilleure solution, etc., etc.»

Tous les regards étaient rivés sur la chaussure aux talons rabattus et sur le Blanc écarlate et ruisselant de sueur. Qu'allait-il dire?

— Et alors? Comment a réagi le Blanc? demanda maman, de plus en plus impatiente.

— Le bwana blanc s'est levé d'un bond et a tapé du pied par terre, avec ses belles chaussures en criant d'un air buté: «Je gar-de mes chaus-su-res! Nom de D...!» Une salve d'applaudissements lui a répondu. «Il garde ses chaussures!» se sont exclamés en chœur les passagers du bus. Oui, il a pris la bonne décision. Le bwana blanc garde ses chaussures.» Cette solution semblait satisfaire tout le monde. Y compris le jeune garçon: il a renfilé ses vieilles baskets et rangé son canif, sans avoir l'air déçu. Il avait tenté sa chance. Peut-être pensait-il : « J'ai failli avoir de belles chaussures. »

— Et comment ça s'est terminé ?

— Le vieillard s'est levé encore une fois. D'un geste de la main, il a imposé le silence. « Oui, cet homme garde ses chaussures, a-t-il dit posément. Et quelle est la leçon à tirer de tout cela ? » Il a lancé à la ronde un regard interrogateur. « La leçon est que cet homme est plein de bon sens. Les Blancs ne sont pas plus bêtes que nous, les Africains, contrairement à ce que prétendent la plupart des gens ! Je vais vous dire ce que cette histoire nous apprend, parce que j'en vois pas mal parmi vous qui ne réfléchissent pas plus loin que le bout de leur nez : chez nous, en Afrique, un voyageur doit être bien chaussé. Qu'il aime envoyer valdinguer des boîtes de conserve ou pas. » À ce moment-là il y a eu un de ces vacarmes dans le bus ! Tout le monde a applaudi et félicité le vieillard pour sa sagesse. Quelqu'un s'est mis à chanter et d'autres ont repris en chœur tous les couplets. La chanson commençait par cette strophe : « Le bwana blanc garde ses chaussures… Yeah ! Yeah ! Yeah ! » Sur ce, le bus s'est arrêté et presque tous les passagers sont descendus et ont continué à chanter dans la rue. Le Blanc est descendu aussi. Il avait l'air soulagé. Papa et tous les autres voyageurs avaient eu une bonne heure de distraction.

— On ne devrait pas se moquer des Blancs comme ça, Calvin ! commenta maman en débarrassant les assiettes pour essuyer la table.

— Se moquer ? Mais on ne s'est pas moqués de lui, au contraire, on l'a aidé à garder ses chaussures ! rétorqua papa d'un air innocent.

Mais maman le houspilla :

— Vous avez ri à ses dépens ! Et tu le sais très bien. Ce n'est pas étonnant que les Blancs racontent des choses bizarres sur nous. Ils ne comprennent pas notre humour ! Et maintenant, la discussion est close : au lit, les enfants !

Je me levai et protestai :

— Attendez ! Écoutez-moi, j'ai quelque chose à vous dire.

— Quoi encore ? demanda papa.

Il était déjà presque dehors.

– J'ai rencontré Nkwabi, notre entraîneur.
Notre équipe va aller jouer le match retour en
Allemagne. Qu'est-ce que vous dites de ça?

Ma nouvelle fait un flop

J'avais imaginé que maman serait époustouflée par cette nouvelle. Je m'étais trompé.

– Nous avons eu notre compte d'histoires drôles pour aujourd'hui, mon cher Nelson. Il est tard, filez au lit, tous les deux !

Elle souleva le verre de la lampe à huile, prête à éteindre la flamme dès que nous serions partis. En signe de protestation, je refusai de me lever de table.

– Ce n'est pas une blague, maman ! Nkwabi a reçu un e-mail. On est invités, c'est vrai !

– J'ai dit au lit !

Inutile d'essayer de convaincre mes parents. Papa fumait sa cigarette dehors. Il croyait dur comme fer que maman ne s'en rendait pas compte et je suis sûr qu'elle le laissait croire.

Mandela me dévisagea, songeuse. Elle avait compris que je ne blaguais pas. Devant la porte de notre chambre, elle m'attrapa par la manche.

— Et comment ça pourrait marcher ? soufflat-elle.

— Aucune idée. On doit en discuter demain, à cinq heures, dans le bureau de Nkwabi. Il y aura aussi Tutupa, Guido, Kassim et Mirambo. Tu préviendras Hanan et Hanifa ?

— Ça ne se fera pas, marmonna-t-elle, un peu tristement, avant de disparaître derrière le rideau pour se brosser les dents. Ensuite elle s'allongea sur son lit, tira le drap sur elle et ne dit plus rien.

Quant à moi, je restai longtemps éveillé, dans le noir.

Comme les petits crabes qui sortent du sable, sur la plage, une multitude de problèmes surgissaient maintenant dans ma tête ; des problèmes auxquels je n'avais pas pensé sur le moment, tellement la nouvelle m'avait surpris et ravi.

L'e-mail de Willi n'était-il qu'un canular ? Impossible. S'il avait écrit, c'est qu'il était sincère.

Le financement de ce voyage n'était pas le seul problème ; quantité d'autres questions me hantaient.

Qui irait chercher les serpents, les grenouilles et les mangoustes pour papa si nous partions tous les trois, Saïd, Mandela et moi ?

Sans notre aide, il n'avait plus qu'à fermer boutique.

Et qui gagnerait de quoi faire vivre la famille de Saïd ? Son père n'était pas encore guéri.

Qui allait pêcher les seiches à la place de Yakobo ?

Tutupa venait de trouver un emploi au supermarché. Pouvait-il se permettre de démissionner encore une fois ?

Hanifa, elle, suivait une formation de coiffeuse en plus de l'école. On n'allait pas lui donner un congé sans solde. Un jour, à la télévision, j'avais entendu parler de ce genre de congé, mais chez nous, ça n'existait certainement pas.

Quant à notre géant, Mirambo, je ne savais

pas ce qu'il faisait à ses heures perdues. Il était temps que je le lui demande.

Après tout, en tant que capitaine, j'étais responsable de mon équipe. Je ne pouvais plus me permettre beaucoup d'erreurs. J'étais encore sous le coup de ce que Kassim m'avait révélé un soir, à propos de Saïd.

Et Kassim, au fait? Il serait probablement du voyage. Comme quelques autres dont les parents n'étaient pas trop pauvres.

Je me promis de faire une liste de toutes ces questions dès le lendemain matin. Après quoi, je remontai le drap sur moi. À six heures du matin, j'avais rendez-vous devant chez moi avec Saïd pour aller fouiller les marais.

J'avais pensé surprendre mes parents avec cette nouvelle. Au lieu de quoi ils m'avaient envoyé sur les roses.

Mais je finis quand même par m'endormir.

Au travail dans les marécages

Non seulement Saïd était le meilleur joueur de notre équipe, mais il avait très vite appris à poser des pièges pour capturer grenouilles, rats, souris et mangoustes. Depuis qu'il travaillait pour mon père, j'avais la tâche plus facile et je me sentais moins seul.

Les premiers jours, il était venu avec sa tenue de travail habituelle : des vêtements propres mais usés jusqu'à la corde. Pour ne pas dire des haillons. Par la suite, maman lui avait trouvé un pantalon d'occasion mais en bon état, et deux chemises neuves.

— J'ai l'impression d'être un chef d'entreprise, plaisanta-t-il en tirant le lourd piège à mangoustes à travers la vase.

Depuis le jour où j'avais failli me couper la moitié du pied en marchant sur un bout de tôle, nous avions tous les deux des bottes en caoutchouc solides.

J'étais tellement sous pression ce matin-là, à cause de l'invitation des Allemands, que je décidai d'en parler à Saïd. Je pouvais compter sur sa discrétion : il serait muet comme une tombe. Il était en train de nettoyer ses mains pleines de vase. Debout au bord de la mare, jambes écartées, il me dévisagea.

— L'idée est bonne, jugea-t-il. Mais ça ne marchera pas.

— Pourquoi ?

Il prit tout son temps pour répondre, tirant d'abord la bâche sur notre carriole. Il y avait un de ces remue-ménage, là-dessous ! On avait capturé pas mal de bestioles ce matin-là. Papa allait être content.

— Il est bien gentil ton Willi le Rouquin, mais comment tu veux qu'on fasse ? Tu crois que ton père continuera à me payer mon salaire si je vais me balader une ou deux semaines en Allemagne ? Et puis, tu nous vois jouer en baskets sur un vrai terrain de foot allemand ? Avec des filles en défense, en plus ? Réfléchis un peu, Mister Nelson.

Je haussai les épaules. Comme si j'avais les réponses à toutes ces questions !

— Cet après-midi, à cinq heures, on va en parler dans le bureau de Nkwabi.

— Je pourrai pas venir, déclara Saïd. Il faut que j'aide la patronne à faire la lessive.

Il appelait tout naturellement ma mère la « patronne ».

— Ça ne fait rien. De toute façon, il y a encore plein d'autres problèmes à régler. J'y vais avec Mandela. Tutupa et Mirambo viennent aussi.

— Mirambo non plus, il ne pourra pas partir, ajouta Saïd.

— Qu'est-ce qui te fait dire ça ? demandai-je naïvement.

— Il a un boulot, lui aussi, lâcha Saïd en évitant mon regard.

Puis il empoigna les brancards de la carriole

pour la sortir du bourbier. Je l'aidai en poussant par-derrière, jusqu'à ce que nous soyons sur le chemin. Dans les grands arbres qui se dressaient sur les bas-côtés il y avait encore des fleurs mauves et jaunes. À cette heure matinale, il faisait frais, c'était agréable.

— C'est quoi, son boulot ? demandai-je.

Saïd ne répondit pas. Ce n'était pas du tout son style. Tel un petit âne docile, il continua à tirer la carriole, comme s'il n'avait pas entendu ma question.

— Je t'ai demandé ce qu'il faisait comme boulot, insistai-je. Je ne suis pas au courant.

— Vaut mieux pas en parler, marmonna Saïd. Un sale boulot.

Je marchais à présent à côté de mon ami et j'avais lancé la corde par-dessus mon épaule pour l'aider à tirer la carriole. Saïd se taisait toujours.

— Eh bien, quoi, qu'est-ce qu'il fait ? Dis-moi !

— Il vaut mieux que tu ne le saches pas.

— Trafic de drogue ?

Pas de réponse. J'avais donc deviné juste. Merde. J'avais toujours redouté qu'un de mes copains tombe là-dedans. Et Mirambo, qui mesurait dans les un mètre quatre-vingts, avait la carrure idéale pour ce job. Il rentrait dans toutes les boîtes de nuit, tous les hôtels sans qu'on lui demande ni pièce d'identité ni quoi que ce soit.

— Ça fait longtemps que tu es au courant ? lui demandai-je prudemment.

Saïd secoua la tête puis posa la carriole, s'étira le dos et me regarda droit dans les yeux.

— Il voulait m'entraîner là-dedans. Il y avait beaucoup de fric à gagner. J'ai refusé. Dans un hôtel, il a rencontré quelqu'un qui lui a fait une proposition, et comme il avait besoin d'argent… On lui a assuré que c'était sans risque, qu'il aurait juste à faire le coursier, de temps en temps.

— Et il était d'accord ?

— Mais oui, évidemment ! Il n'a personne, ici, ni parents, ni frères et sœurs, personne. Et il veut continuer à aller à l'école, tout en restant dans notre équipe. Tu as vu le trou à rats où il dort ? Les rats de l'ancienne boma sont mieux logés que lui… Tout le monde n'a pas la même chance que moi !

— Tu veux que j'en parle à mon père ?

— Non. Il irait le dénoncer à la police.

— Il ne ferait jamais ça. Il pourra peut-être nous donner un conseil. On ne peut pas laisser Mirambo dans la mouise !

— Mister Kitumbo ne pourra pas l'employer en plus de moi. Alors, tu ferais mieux de garder ça pour toi.

J'étais aussi désemparé que Saïd. Comment oublier ce que je venais d'entendre ?

Et si j'en parlais à Nkwabi ? C'était lui qui nous avait mis en garde avec le plus d'insistance contre les dealers de drogue. Il aurait peut-être un peu de temps à me consacrer, après notre discussion sur le voyage en Allemagne.

Comme s'il avait lu dans mes pensées, Saïd me dit :

— Et pas un mot à Nkwabi, hein ? Il serait capable de le virer de l'équipe !

J'acquiesçai d'un signe de tête. Mais le problème restait entier.

Un cadeau empoisonné

Lorsque, un an plus tôt, l'équipe m'avait choisi comme capitaine, Maeda Haji, le président du club, avait évoqué la grosse responsabilité qui reposait désormais sur mes épaules. Eh bien, voilà ! Aujourd'hui, non seulement je devais assumer cette invitation et ses conséquences, mais il fallait en plus que je gère les soucis d'un joueur qui trempait dans un sale trafic. En passant mentalement en revue ma liste de questions sans réponses, j'eus envie de crier : « C'est pas mon problème ! Débrouillez-vous ! »

Vers quatre heures, je me mis en route vers le bureau de Nkwabi installé dans le centre culturel. Je cheminais sur la plage, bien content pour

une fois d'être seul. Trop de pensées se bouscu-
laient dans ma tête. Je n'arrêtais pas de sortir ma
liste pour y noter encore et encore des choses à
ne pas oublier.

La joie que j'avais éprouvée à l'idée de cette
invitation s'était envolée, et maintenant je ne la
voyais plus que comme un cadeau empoisonné.

Je marchais en ruminant.

D'habitude, quand je voyais le vieux Mzee
Alex occupé à retaper ses bateaux, je m'arrêtais
pour échanger quelques mots avec lui. Ce jour-
là, je lui fis juste un signe. Il resta là, pensif, à me
regarder passer, son marteau à la main et au coin
des lèvres un mégot éteint, comme toujours.

À dix mètres de distance, il était capable de
voir si vous aviez le moral ou pas.

En passant près de l'ancien poste de douane,
je regrettai de ne pas entendre les filles glousser
entre elles. Les ouvriers, qui travaillaient en face,
sur la grande bâtisse, terminaient leur journée ; ils
avaient fini le crépi des murs et commencé à
remplacer le toit en tôle ondulée. La boutique
pour touristes qui vendait de l'artisanat en bois

fermait ses portes. Autour de la place du marché brûlaient, comme toujours, quelques feux d'où s'échappait une fumée nauséabonde : quelqu'un avait dû y jeter des morceaux de pneu. Une vendeuse du marché, une grosse mama, venait de charger un ballot sur son dos et commençait à remonter la rue en se dandinant.

Tout le monde finissait sa journée. J'étais le seul à aller au travail.

Au travail ! N'importe quoi !

« Dans la vie, on a rarement des problèmes aussi passionnants à régler, crois-moi ! Allons, un peu de nerf, Mister Nelson ! Sois un homme ! »

Voilà le conseil que papa m'avait donné juste avant que je parte. Je lui avais parlé de mes soucis, sans mentionner Mirambo, bien sûr, et il avait essayé de me réconforter.

Où était Mandela ? À peine m'étais-je posé la question que je la vis sortir de la poste, avec, à la main, une lettre qu'elle glissa subrepticement sous son chemisier dès qu'elle m'aperçut.

Qu'elle garde ses secrets pour elle ! Avant, elle m'aurait tout de suite lu la lettre. Mais c'est peut-être normal d'avoir son jardin secret, quand on grandit. Mi-mai, nous avions fêté notre douzième anniversaire. Les jumeaux fêtent toujours leur anniversaire en même temps, que ça leur plaise ou non.

— De quoi on va parler, aujourd'hui ?

Elle venait à ma rencontre en sautillant, coquette, comme toujours (je suis bien obligé de l'admettre, même si je n'aime pas trop que les filles de notre âge se pomponnent).

— De l'invitation, tiens ! répliquai-je. Il va falloir trouver une façon polie de répondre qu'on ne peut pas accepter.

— Hé, dis donc, hier soir, ce n'était pas du tout le même son de cloche !

— Justement, j'ai réfléchi, figure-toi, répondis-je, teigneux. Ça pose trop de problèmes insolubles. Mais d'un autre côté, c'est vraiment dommage, non ?

— Ne renonce pas, Nelson !

Elle me prit par l'épaule et me serra contre elle.

— Je te comprends. Mais ces problèmes, tu

n'es pas tout seul pour les résoudre. Il me semble que Nkwabi, Hussein Sosovele et le père Jonathan ont leur mot à dire, aussi. Ils connaissent bien l'Europe.

– Toi, ça te plairait d'y aller ? risquai-je.

Elle acquiesça en baissant les yeux, un peu embarrassée. Ce qui, venant d'elle, me surprit beaucoup.

– On va jouer contre la même équipe ? demanda-t-elle ensuite d'un ton détaché.

Elle aurait pu aussi bien demander : « Est-ce que Nicki jouera dans l'équipe adverse ? » Mais après tout, si elle s'était entichée de lui, ça ne me regardait pas.

La porte du bureau de Nkwabi était grande ouverte, comme d'habitude. Habillé comme s'il s'apprêtait à recevoir le président de la République en personne, Hussein Sosovele était nonchalamment assis au bureau, sur lequel il avait posé ses pieds chaussés de souliers très élégants.

C'était le seul footballeur professionnel de Bagamoyo qui avait joué en Europe et donc gagné beaucoup d'argent.

Nkwabi n'était pas encore arrivé. Nous allâmes serrer la main de notre célébrité locale. Il ne descendit pas pour autant les pieds du bureau.

— Nkwabi m'a convoqué ici. Que se passe-t-il, Mister Nelson ? demanda-t-il.

— Nkwabi te l'expliquera mieux que moi, minimisai-je. D'autres joueurs sont convoqués aussi. Et le père Jonathan, je crois.

— Il veut faire une prière pour nous, ou quoi ? Je n'ai pas de temps à perdre avec ces choses-là, moi. Tu n'imagines pas tout ce qui se passe en ce moment sur les marchés financiers.

— C'est sûrement important ce que Nkwabi veut nous dire.

Je n'avais aucune envie de jouer aux agents de renseignements. Et encore moins de l'entendre parler de ses placements financiers. Il m'avait déjà tout raconté quelques mois plus tôt, m'expliquant combien on peut souffrir, quand on est riche. Ça me fait trop rire.

Sur ces entrefaites, Nkwabi se pointa, en même temps que Mirambo, Tutupa, Hanan, Hanifa, Kassim et Guido. À peine Nkwabi avait-il fermé la porte derrière lui qu'on frappa. Le père Jonathan passa sa tête barbue dans l'entrebâillement. À son œil légèrement brillant je compris qu'il avait un peu bu.

— C'est bien ici?

Comment Willi voit les choses

Quand tous les joueurs furent assis, sur des chaises ou par terre, Nkwabi sortit de sa poche une feuille de papier.

— Écoutez ça, c'est une lettre de Willi le Rouquin, l'entraîneur de l'équipe allemande.

Chers amis de Bagamoyo,

J'y avais fait allusion devant Nelson, maintenant ça devient sérieux : début août, c'est le début des vacances chez nous, et nous voudrions inviter toute votre équipe, plus trois accompagnateurs, à venir ici, en Allemagne. Pour le match retour. Nous voulons notre revanche ! Le fan-club du BVB International est en train de faire une collecte pour vos billets d'avion.

Nous réglerons les autres détails dès que vous nous donnerez votre accord. Ne tardez pas trop à répondre, pour que je puisse faire démarrer la chose.

Avec toute mon amitié,
Willi

— C'est quoi le BVB ? demanda Kassim.

— Le Borussia Dortmund, bougonna Sosovele en regardant sa montre. Dortmund, c'est le nom d'une ville, chez eux.

— Que pensent les joueurs ici présents de cette invitation ? lança Nkwabi en promenant son regard sur nous.

Il avait l'air grave. Quand il m'en avait parlé, la veille, il était emballé. Entre-temps, il avait sûrement réfléchi, comme moi, et s'était rendu compte que ça posait un tas de problèmes.

Personne ne pipa mot. Je voyais bien que mes copains se creusaient la cervelle. Mirambo, qui regardait par terre devant lui en se grattant le ventre, sortit une cigarette de la poche de son pantalon.

— On ne fume pas ici, dit Nkwabi.

Du coup, Sosovele enleva les pieds de la table et regarda à la ronde.

— Je ne veux pas vous influencer dans votre décision, les amis. Mais si vous me posiez la question, je dirais : « Oubliez tout ça, ça ne se fera pas ! »

Encore un long silence. Puis le père Jonathan s'éclaircit la voix et se tourna vers Hussein.

— Pourtant, ce serait une sacrée aventure, cher ami !

— Quand on gagne un baiser de Claudia Schiffer à un concours, c'est aussi une belle aventure, mon père ! Mais là, ce n'est pas la même hist...

— Qui a gagné un baiser ? demanda timidement Hanan.

— Ce n'était qu'un exemple, mademoiselle ! Un exemple pour expliquer qu'il faut étudier cette proposition avec calme et objectivité. Se demander si c'est tout simplement possible !

— C'est pourtant clair, ils paieront tout, commenta Kassim.

— Ça, c'est ce que tu crois, mon jeune ami !

Vous voulez que je vous énumère quelques raisons de ne pas entreprendre ce voyage ?

Il serra le poing, frappa le bureau avec ses phalanges et balaya notre assemblée du regard, d'un air de défi.

– Eh bien, vas-y, toi qui t'y connais, dit Nkwabi. Ça peut toujours servir.

Très concentré à présent, Sosovele parlait plus lentement que d'habitude, tout en réfléchissant.

– Je vous épargne les dispositions que chacun d'entre vous devra prendre par rapport à sa famille, son travail et ses tâches domestiques. Vous êtes mieux placés que moi pour les évaluer. Je vais mentionner quelques points supplémentaires qui me viennent à l'esprit. Voilà : des gens, très gentiment, collectent de l'argent en Europe – comme pour Mère Teresa ou les enfants malnutris de Somalie – pour nous permettre de partir en voyage. Je ne suis pas d'accord ! Vous croyez qu'ils sont tous riches là-bas, et ça, c'est de la foutaise ! Deuxième point : supposons que nous acceptions l'invitation (de nouveau il nous dévisagea un à un). Vous avez l'intention de vous balader en Allemagne pieds nus ? Et en haillons, comme vous êtes là ? Vous vous voyez entrer dans le stade du Borussia avec vos baskets éventrées ? Et lequel d'entre vous a un passeport, hein ? Pour obtenir un visa, il vous faut un passeport et une assurance-maladie. Mais le passeport, bande de cornichons, vous ne l'aurez que si vos parents peuvent fournir des papiers en bonne et due forme. Commencez donc par leur demander ! Je suis sûr que la moitié d'entre eux n'ont même pas de pièce d'identité. (Il s'arrêta pour reprendre haleine. Il avait déjà monté d'un ton.) Le passeport, vous l'obtiendrez auprès de l'administration locale, mais pour le visa, il faut que vos parents vous emmènent avec vos papiers à l'ambassade d'Allemagne, à Dar es-Salaam ! Et ça coûte de l'argent. Le passeport vaut une fortune et le visa aussi. Et encore, si on vous l'accorde ! Ce qui n'est pas sûr du tout. Qui va payer le passeport et le visa ? Et où allez-vous loger, là-bas ? À l'hôtel, dans une chambre avec salle de bains ? Ben voyons ! Et quand vous vous promènerez dans les rues commerçantes, les yeux vont vous sortir des orbites, mes petits cocos ! Vous allez voir des choses que vous n'avez vues qu'à la télévision et vous voudrez les avoir. Et qui paiera tout ça ? Après, vous aurez envie de faire une excursion : vous prendrez le train. Ça coûte cher tout ça. Vous comptez mendier auprès de ce brave Willi ou des gentils joueurs de son équipe ?

– Mais ils sont tous pleins aux as, s'emporta Mirambo, ils ont tous une maison avec piscine et eau chaude dans chaque pièce.

– Tu n'as pas écouté ce que Hussein a dit à ce sujet ? gronda Nkwabi.

– On s'en fout de savoir d'où vient le pognon ! renchérit Guido. Ils roulent sur l'or, là-bas, c'est bien connu.

Sosovele reprit la parole.

– Père Jonathan ! Tu es plus au courant que nous. Même si ça fait belle lurette que tu vis à Bagamoyo. Dis quelque chose, bon sang !

Nkwabi alla chercher deux bières dans le réfrigérateur. Il en décapsula une pour Sosovele, l'autre pour le prêtre dont les yeux se mirent à briller.

– Bon, moi je trouverais ça très bien que

l'équipe puisse partir. Les problèmes, ça peut toujours se résoudre. Pour l'hébergement, ils peuvent dormir chez les familles des joueurs allemands. Ou bien dans un gymnase, sur des matelas pneumatiques. Et il y a aussi les auberges de jeunesse…

— C'est quoi ? voulut savoir Mandela.

— Des endroits où des enfants et des jeunes peuvent dormir pour presque rien. Ici, il n'y en a pas encore, expliqua le père Jonathan.

— Mais parle-nous un peu des autres problèmes, mon père !

Jonathan but une bonne rasade de bière.

— C'est vrai, Hussein. Ils ne peuvent ni partir en haillons et pieds nus, ni jouer avec des baskets. Ce qui va occasionner des frais, évidemment. Mais je ne m'inquiète pas trop pour ça. Ce que je ne voudrais pas, c'est que nos joueurs fassent ce voyage comme des mendiants, grâce aux dons que des gens auront faits par pitié, sollicités par nos amis. On ne se fiche pas de savoir d'où vient l'argent, Guido ! Nkwabi a parfaitement raison quand il dit que la plupart des Allemands ne sont pas riches. Les Allemands travaillent dur, et un fan-club comme celui-là devra se donner un mal de chien pour financer l'achat des billets d'avion. Ça représenterait un travail monstre. On ne peut pas leur demander ça ! (Il marqua une pause et réfléchit.) Mais j'ai une autre idée. On pourrait… on pourrait peut-être… Ce serait différent s'ils obtenaient le fric de l'État ou d'une organisation quelconque. Dans le cadre d'un jumelage, par exemple, ou d'un programme d'échanges internationaux ou quelque chose comme ça. Tu vois ?

Sosovele le dévisagea avec attention.

– Ça existe, ce genre de chose ? Je n'aurais jamais imaginé ça. Quelle chance on a d'avoir parmi nous un homme de Dieu aussi érudit !

– Willi pourrait essayer, en tout cas, reprit Jonathan. Mais rien ne nous garantit qu'ils sont prêts à aider des footballeurs !

– Mais qu'est-ce que ça change, mon père ? risquai-je, histoire de dire enfin quelque chose.

Je tenais toujours à la main ma longue liste de problèmes.

– Ce que ça change, Mister Nelson, c'est qu'à

ce moment-là vous ne voyagerez plus en tant que mendiants mais en tant qu'invités! Des invités honnêtes.

— Que diront Willi et ses amis si nous refusons leur invitation? demandai-je encore.

— Tout dépend comment on lui présente la chose. Willi n'est pas bête. Si on lui explique clairement la situation, il comprendra.

— Et les autres problèmes? Comment on va les résoudre? insistai-je.

— Quels autres problèmes? demanda Sosovele.

Tous les regards s'étaient tournés vers moi.

— J'ai noté quelques trucs. Voilà : Saïd et moi, on travaille tous les jours pour l'élevage de serpents de papa. Si on part deux semaines, mon père n'a plus qu'à fermer boutique. Et Saïd a besoin d'argent pour nourrir sa famille. Hanifa, elle, suit une formation pour devenir coiffeuse. Yakobo pêche des seiches pour les vendre. Tutupa travaille au supermarché en sortant de l'école et jusqu'à 19 heures. Il y en a d'autres aussi qui ont des petits boulots. Mirambo, par exemple. Je ne les connais pas tous.

Notre tenue aussi. C'est sûr qu'on ne peut pas jouer sans vraies chaussures de foot. On pourrait peut-être en emprunter… Non ? Mais pour les autres trucs, des fringues correctes, on n'a pas les moyens de tout acheter ! Et puis, qui sait si on peut jouer là-bas avec des filles en défense.

Encore étourdi par la douche froide que venait de nous administrer Sosovele, je me forçai malgré tout à poursuivre.

— Mais même si on arrive à se procurer des chaussures de foot, on ne pourra pas les porter toute la journée. Et marcher pieds nus, c'est pas possible non plus.

Tout à coup, autre chose me traversa l'esprit. Quelques jours auparavant, on avait vu un reportage à la télé où on racontait qu'un Africain avait été tabassé à mort, en Allemagne, parce qu'il était noir. Fallait-il que j'en parle ?

— Et puis il y a encore une chose que j'ai vue à la télé. Le racisme et tout ça. Du mépris vis-à-vis des Africains. Sosovele peut sûrement nous en parler.

Sosovele tripota le col de sa chemise élégante

et tous les regards se tournèrent vers lui. Il prit son temps, nous regarda un à un.

— Ça existe, lâcha-t-il prudemment. Mais ce n'est pas une raison pour avoir la trouille. Vous êtes chez des amis, et les footballeurs africains ont plutôt la cote, maintenant, en Allemagne. Des abrutis, il y en a toujours, évidemment, mais dans la Ruhr un peu moins qu'ailleurs. Moi, je n'ai jamais eu de problème. Parfois, vous allez avoir un connard qui croit malin de balancer une banane sur le terrain. Mais généralement, dans ces cas-là, les autres lui filent une correction.

— Pourquoi une banane ? demanda innocemment Mandela.

— Parce qu'il y a des gens, en Europe, qui croient que nous passons notre temps à bouffer des bananes, comme les singes. C'est incroyable les clichés sur l'Afrique qu'ils ont dans la tête…

Sosovele regarda sa montre et se leva.

— Bon, moi il faut que je parte, il est presque huit heures. Les enfants aussi doivent aller au lit. Et la nuit porte conseil. C'est quand, votre prochain entraînement ?

— Après-demain à quinze heures, dit Nkwabi.

— Je viens, si vous voulez. Mais je vous répète que j'ai de gros doutes : ça m'étonnerait qu'on y arrive. Mieux vaut ne pas trop compter sur ce voyage.

Le père Jonathan se leva à son tour.

— Je dois partir moi aussi. Je me lève tôt demain matin, pour la première messe. Alors, rendez-vous après-demain, sur le terrain.

Les Blancs font-ils comme nous ?

Sosovele emmena le père Jonathan dans sa voiture. Au démarrage, il nous envoya une pluie de gravillons. Nkwabi, notre entraîneur, ferma la porte à clef et partit retrouver sa famille.

Nous autres, les joueurs, restâmes assis un moment près de la scène, sous les arbres, excités et déprimés à la fois. Sans que personne ne le voie, Mirambo avait piqué une bouteille de bière dans le frigo. Il la décapsula avec les dents et en proposa à la ronde. À part Kassim, personne n'en avait envie.

Une fois que celui-ci en eut pris une gorgée, Mirambo vida la bouteille d'un trait, la jeta dans les buissons et alluma tranquillement une cigarette.

– Qu'il y ait des pauvres aussi en Allemagne, alors ça, je suis sûr que c'est pas vrai ! Ils disent ça pour faire foirer l'invitation.

Guido croqua dans une mangue pas mûre qu'il jeta aussitôt.

– Je suis d'accord. J'ai entendu dire que dans chaque appartement il y a des toilettes, affirma Hanifa.

– Arrête, c'est pas possible. Ça sentirait trop mauvais ! rétorqua Hanan.

– Dans chaque appartement, je te jure ! On voit ça dans plein de films !

– Dans les films, on nous montre ce qu'on veut. Ils ont peut-être des salles de bains ?

– Pourquoi ils sentent aussi bizarre, alors ?

– Ils sentent pas tous bizarre.

– Et ils font comme nous ? Aux toilettes, je veux dire ?

Gros éclats de rire.

– Évidemment ! J'ai vérifié, à la Mission. Ils font exactement comme nous.

Omari regarda les autres, très fier de lui. Il avait un peu travaillé au café de la Mission.

— Sauf qu'ils s'essuient le derrière avec du papier au lieu de se rincer avec de l'eau.

— Oui, mais ils ont de l'eau vingt-quatre heures sur vingt-quatre. Dans chaque appartement, il y a l'électricité.

— Et dans chaque maison un escalier roulant, renchérit Hanan.

— N'importe quoi ! intervins-je. Il n'y en a que dans les aéroports.

— Moi, ce qui me fait le plus peur, c'est la nourriture, avoua Mandela, avec une grimace. Des pommes de terre tous les jours, oh là là !

— Le riz, c'est interdit, chez eux ?

— À l'hôtel, j'ai entendu dire qu'ils mangeaient un truc qui s'appelle la choucroute. J'ai même goûté. Beurk, dégoûtant !

— Ils éteignent leurs cigarettes dans des pots de fleurs. J'ai vu ça dans un film. Et en plus, il y a plein de chats partout !

— Pouah ! Des chats ! hurla Hanifa. Alors là, moi je mets des amulettes autour du cou. Même si Mister Nelson est contre la sorcellerie.

— Fais ce que tu veux, je m'en fous ! Mais tout

ça, c'est sûrement pas vrai, m'énervai-je. On n'a qu'à demander au père Jonathan. Il nous dira comment c'est dans son pays. On ferait mieux de réfléchir au moyen de gagner de l'argent, au cas où on partirait quand même. Pour acheter des chaussures de foot et des habits. Et pour les frais généraux.

– Si on dansait ? Vous avez déjà vu des Blancs danser ? C'est l'horreur ! Par contre, ceux qui viennent ici, ils aiment bien nous regarder danser.

Cette remarque venait évidemment de Mandela.

– *Le Bongo Flava-Rap*, proposa Mirambo. En kiswahili ! Comme on fait dans la cour de l'école.

– Du rap ! Oh oui, trop fort ! s'enthousiasmèrent les trois filles.

Mandela s'était levée.

– *Umojo wa Tanzania*, c'est sûr que personne ne connaît, là-bas. Il suffit qu'on s'entraîne un peu, trois filles, trois garçons, ça c'est une idée géniale ! On le fera dans la rue. Six qui dansent, les autres qui ramassent l'argent.

Je trouvais aussi que Mirambo avait tapé dans

le mille. Le nouveau rap tanzanien faisait un tabac. Même des rappeurs américains venaient l'apprendre chez nous.

Mais tout ça ne m'empêchait pas d'être furieux après mon équipe. Ils faisaient tous comme si ce voyage en Allemagne était confirmé. Ils n'avaient donc rien écouté, ces crétins ? Moi-même je ne savais pas ce qui nous attendait en Allemagne. On racontait partout que tous les Tanzaniens qui y allaient revenaient riches. Et que celui qui ne faisait pas fortune n'était qu'un abruti ou un type qui voulait garder les bons tuyaux pour lui. Sosovele et Nkwabi, qui connaissaient l'Allemagne, semblaient voir les choses autrement. Et ils n'étaient pas du genre à nous raconter des bobards, ça j'en aurais mis ma main au feu. Quant au père Jonathan, son métier lui interdisait de mentir. Encore que, là-dessus, mon papa était d'un tout autre avis.

Mandela me décharge d'un souci

Papa et maman nous avaient interdit de rentrer à la maison par la plage quand il faisait nuit. Des individus peu recommandables y traînaient pour faire leurs mauvais coups. Et là, en moins de deux, tu te retrouvais dépouillé de tes chaussures, de ta montre et de ton argent, si tu en avais sur toi. Pour peu qu'ils te menacent avec un couteau, tu n'avais aucune chance.

Mandela et moi partîmes pourtant le long de la plage. À deux, c'était moins dangereux. Et personne n'osait se frotter à Mandela.

Préoccupés, l'un et l'autre, par tous les problèmes dont nous venions de parler, nous marchâmes au moins un quart d'heure sans dire un mot.

— Qu'est-ce qu'il a, Mirambo ?

La question de Mandela me frappa comme un coup de feu sorti de nulle part. Je ne m'y attendais pas du tout.

— Comment ça ? risquai-je.

— Fais pas l'innocent, Nelson ! Quand tu as parlé de son boulot, comme ça, l'air de rien, il a sursauté comme s'il venait de marcher sur un tesson de bouteille. Qu'est-ce que ça cache ?

Mandela avait des secrets pour moi, c'est vrai, la lettre par exemple, mais ce n'était pas une raison pour me méfier d'elle. Je lui racontai donc ma conversation du matin avec Saïd, qui avait craché le morceau.

— Tu comptes faire quoi ? me demanda-t-elle.

— Aucune idée. J'ai promis de ne rien dire à Nkwabi. Pourtant, je suis sûr que lui, il aurait la solution.

— Si Mirambo est en cheville avec des dealers et qu'il veut en sortir, ils le tueront.

Mandela s'immobilisa un instant. Je n'avais pas pensé à ça. Je reconnais que je suis un peu plus naïf que ma sœur.

— Le mieux serait que la police arrête toute la bande. Et là, il aura une petite chance de s'en tirer.

— Ils sont tous de mèche, tu sais, dis-je, découragé.

Mandela haussa les épaules et nous reprîmes notre route. Mais alors qu'on commençait à voir les lumières de chez nous, elle m'attrapa le bras et me dit :

— S'il continue, ils l'arrêteront un jour ou l'autre. C'est ce que tu attends ? Alors tu pourras l'oublier pour l'équipe de foot. Il sera hors circuit pour un bon moment.

— Tu as autre chose à proposer, petite sœur ?

— Laisse-moi le temps de réfléchir. Je te dirai demain sur le chemin de l'école si j'ai trouvé une solution.

Papa et maman, qui étaient assis à la table de la cuisine, voulurent tout de suite des nouvelles. Nous leur expliquâmes, d'un air déçu, que le voyage ne se ferait sans doute pas.

— Il ne faut jamais baisser les bras ! déclara papa. Le père Jonathan n'est pas tombé sur la tête, même s'il n'est que catholique. Et Sosovele non plus. Ils vont peut-être trouver une porte de sortie.

— Et comment tu feras pour trouver de quoi nourrir les serpents, sans Saïd et moi ? m'emportai-je.

Il rit.

— Je m'en sortirai, ne t'en fais pas. Mzee Alex m'a déjà proposé de l'aide. Il viendrait avec ses deux fils. Et le père de Saïd m'enverra deux de ses enfants.

Je n'en revenais pas. Nous venions à peine d'apprendre qu'on nous invitait en Allemagne que la nouvelle avait déjà fait le tour de Bagamoyo. Mais c'était rassurant de savoir que nos parents étaient à fond pour ce voyage. Je m'endormis comme une masse.

Saïd et moi étions revenus tellement tard du marais qu'il nous fallut mettre les bouchées doubles pour arriver à l'heure à l'école. Pendant qu'il se douchait sous le tonneau rempli d'eau de pluie, dans la cour, je nettoyai nos bottes pleines de boue. Sur ce, Mandela, qui venait juste d'achever son interminable toilette matinale, vint vers moi et me dit :

— Je vais lui parler !

Comme Saïd arrivait, je ne pus lui demander à qui elle voulait parler — et pour quoi faire.

Comment ça, on emmène le moustique ?

La première personne que nous trouvâmes sur le terrain, Saïd et moi, fut Sam Njuma, le gamin fou de foot qu'on appelait le moustique ou le petit morveux.

— Je pars avec vous, bredouilla-t-il en reniflant. Je pars avec vous, que ce soit clair !

Nous fîmes comme si nous n'avions pas entendu. Il avait à peine six ans, mais il était toujours au courant de tout. Le diable seul sait comment il avait eu connaissance de notre invitation en Allemagne.

Sam avait appris à lire tout seul, et chaque jour il trouvait le moyen de se procurer un journal donnant les résultats sportifs. Souvent, il traînait devant la porte du bureau du père Jonathan pour qu'il lui apprenne l'anglais ; il connaissait déjà quelques phrases.

Il travaillait assidûment à sa carrière de star du foot, sans rien laisser au hasard.

Mais qu'est-ce qu'on allait faire de ce petit morveux dans un pareil voyage ?

Saïd caressa les cheveux crépus de Sam et lui donna une chiquenaude. Sam ne le prit pas mal.

Sans nous consulter, Saïd et moi nous étions préparés mentalement à ce grand voyage. Même si aucun problème ou presque n'était résolu. À l'autre bout du terrain apparut Nkwabi, qui nous salua de la main et nous fit signe de le rejoindre dans son local.

Assis au bureau, Sosovele écrivait. Complètement absorbé par sa tâche, il ne leva même pas les yeux pour nous saluer.

– J'ai cogité là-dessus et hier j'ai téléphoné à Nkwabi. Voilà un projet de lettre pour Willi le Rouquin. Je vous la lis :

Cher Willi,
Nous sommes tous enchantés de cette invitation.

Ça a dû te demander un sacré travail. Voici notre réponse. Elle est courte, puisque tu as besoin de savoir rapidement ce qu'il en est.

Nous venons. Tu peux réserver les billets d'avion : treize pour les joueurs, plus trois adultes et un enfant. Nous t'enverrons la liste des noms demain.

Notre conseiller spirituel, le père Jonathan, propose que vous fassiez une demande de subvention auprès de votre gouvernement ou de la Ligue allemande de football (dans le cadre d'un échange culturel ou quelque chose comme ça) pour payer les billets d'avion.

Nous financerons nous-mêmes tout le reste !!!

Prends contact avec l'ambassade allemande à Dar pour qu'on nous délivre les visas sans difficulté. Avec les Africains, ils sont parfois plus intransigeants.

Si nous venons pour dix jours, serait-il possible de faire deux ou trois matchs ? À Dortmund, à Ahlen et dans une autre ville de votre choix ?

Pour que les gens viennent assister aux matchs et qu'on puisse vendre beaucoup de billets, informe la presse. Tu as fait des photos de Mandela en train de danser. Nelson danse presque aussi bien et les autres aussi. Tu finiras bien par avoir une idée.

Notre équipe touchera une partie des recettes pour couvrir les autres frais (chaussures de foot, visas, etc.) Nous crécherons dans une auberge de jeunesse. Ou plus simple encore. D'autres questions ?

Avec toute notre amitié
Nkwabi Ngangasamala et Hussein Sosovele.

Nous devions avoir l'air complètement stupéfaits, à la fin de sa lecture. Nkwabi souriait. Mais moi, j'étais plutôt mal à l'aise. Sur ces entrefaites le père Jonathan entra.

– Toi, mon père, tu viens avec nous pour faire l'interprète, déclara très sérieusement Sosovele. Moi, comme coentraîneur. À vrai dire je n'ai pas tellement le temps, mais c'est important pour notre prestige.

Là, j'éclatai :

– Des chaussures de foot, des vêtements corrects, l'hébergement, les visas, etc. Tu oublies qu'on aura tout ça à payer ou quoi ?

J'avais lancé ça sur un ton assez cinglant, je dois avouer.

— Je vais avancer l'argent. Je me rembourserai avec les entrées de vos matchs.

— Et s'il n'y a pas assez ? demandai-je, totalement dubitatif.

— Eh bien, tant pis ! Bon, il faut que je file au bureau. Rappelle bien aux joueurs qu'ils doivent s'occuper de leurs passeports. Nkwabi leur donnera de l'argent pour ça, il a déjà fait une caisse. Mais il faut qu'ils signent — s'ils en sont capables ! (Puis il prit un air sévère.) Encore une chose : à partir d'aujourd'hui, vous avez intérêt à vous entraîner à fond. Avec Nkwabi et avec moi ! Je n'ai pas envie de partir avec une équipe de feignants mal préparés. Compris ?

J'étais sonné. Dans quoi s'embarquait Sosovele ? Il s'imaginait que tout Dortmund ou tout Ahlen allait se précipiter pour assister au match de onze jeunes Africains pouilleux. Même si on était très bons ! Ce dont je doutais aussi, d'ailleurs.

Avant de s'en aller, Sosovele me prit à part, posa une main sur mon épaule et dit :

— Fais attention à Mirambo !

Sans rien ajouter, il alla jusqu'à sa voiture.

Je faillis le rappeler pour lui demander ce qu'il voulait dire par là. Mais il était déjà au volant et démarrait.

Je n'étais pas près d'oublier ce qu'il venait de me glisser à l'oreille. Je rejoignis les autres, sur le terrain. Presque toute l'équipe était réunie. J'entraînai Mirambo à part.

– Tu as une carte d'identité, Mister Mirambo?

– Bien sûr, dit-il en fuyant mon regard.

– Il nous faut tous les papiers d'identité dans deux ou trois semaines, pour faire faire les passeports. OK?

J'ignore si mes pensées se reflétaient sur mon visage. Et à ce moment-là, je m'en fichais pas mal. J'étais tellement sous pression! Mirambo avait l'air bien abattu, lui aussi, mais ce n'était pas le moment de lui parler de son problème. Je décidai de laisser faire Mandela. Où était-elle, au fait?

Elle avait disparu. Comme avalée par la terre. Pendant nos deux heures d'entraînement, j'eus l'impression que chacun se donnait à fond. Pour eux, le voyage en Europe était déjà une affaire entendue.

Nager quand on se sent mal

Je rentrai chez moi, espérant y trouver Mandela. J'étais curieux de savoir ce qu'elle avait entrepris concernant Mirambo. Je dois avouer que, dans ma position de capitaine, je me sentais dépassé par tous les problèmes et questions que soulevait ce voyage. Au début, je me rassurai avec la certitude que les trois adultes, le père Jonathan, Nkwabi et Hussein Sosovele, avaient promis de nous aider. Mais j'étais habitué à avoir une vue claire de la situation. Comme quelques mois auparavant, lorsque nous avions dû rafistoler notre terrain de foot. Avec des filets de pêche, des arrosoirs et du sable de la plage.

Depuis, le terrain était redevenu pratiquement

comme avant, sauf que quelques morceaux de filet de pêche flottaient autour des cages de but quand le vent de mer soufflait. Mais le défi qui nous attendait maintenant n'était pas du même calibre. Pour la première fois, j'envisageai de démissionner de mon poste de capitaine.

Je trouvai ma sœur à son endroit préféré : devant le miroir. Je me demande pourquoi les filles sont toujours en train de se peinturlurer. Comme maman entend tout ce qui se dit dans la maison, je fis signe à Mandela de me rejoindre dehors. Elle eut bien du mal à s'arracher à ses pinceaux.

Je l'attendis devant le portail. Là, personne ne nous entendrait.

— Qu'est-ce qu'il y a, Nelson ? me demanda-t-elle.

— À ton avis ?

J'avais dit ça d'un ton un peu cassant : elle savait pertinemment que je voulais parler de Mirambo et de son histoire de drogue.

— Laisse-moi faire, je t'ai dit ! Je préférerais que personne ne vienne mettre son grain de sel là-dedans. Et que tu ne saches pas tout.

— Je ne comprends rien à ce que tu racontes !

— C'est pas grave. Fais-moi confiance. J'ai la situation en main.

Ça ne me rassurait pas du tout. Je décidai pourtant de suivre son conseil. Il restait encore deux mois devant nous avant le voyage, mais il y avait encore tellement d'autres choses à faire.

Mais quelles choses, au juste ? J'étais là, en face de ma sœur jumelle qui me traitait comme le dernier des nuls. Et j'avais exactement ce sentiment : d'être nul de chez nul.

De retour dans notre chambre, j'ouvris la fenêtre, pris une feuille de papier pour tenter d'établir un plan de tout ce que j'avais à faire. Je passai au moins une heure à me creuser la tête sans pouvoir écrire un seul mot. Je jetai mon crayon dans un coin de la chambre et sortis en claquant la porte pour aller trouver Saïd. Il nettoyait les cages, au fond du terrarium.

— Pas le temps, Mister Nelson.

Il grattait des saletés sur les vitres, qu'il essuyait ensuite avec un chiffon humide. Le serpent, un énorme cobra, s'enroula dans un coin, comme s'il avait peur de Saïd. De temps en temps, celui-ci adressait au serpent des paroles rassurantes. Il avait à ses pieds un seau plein de produits d'entretien, de brosses et de chiffons. Un vrai professionnel, comme sur le terrain, quand on jouait. Et il ne se laissa pas distraire.

— Maintenant, il faut que je file chez moi, voir comment va mon père.

Alors, après avoir pris mon caleçon de bain, je partis d'un pas traînant vers la plage. C'était marée haute. Je me jetai dans les vagues et nageai jusqu'à ce que je me sente un peu plus calme.

Ma pitoyable tentative pour démissionner

À l'entraînement suivant, il y avait Sosovele, Nkwabi et dix de nos joueurs. Certains devaient encore courir à droite et à gauche pour obtenir papiers et passeports. Il ne restait plus que deux semaines avant que Sosovele ramasse tous nos dossiers pour aller déposer les demandes de visa à Dar es-Salaam. Il ne parla plus des frais. Mais les entraînements avec lui furent d'autant plus intenses. Il nous faisait travailler des stratégies dont je n'avais jamais entendu parler : la passe courte, la conservation du ballon, le dribble, le une-deux, la transformation optimale du penalty, l'attaque par le centre, le grand pont, le coup de pied de réparation, les variantes de coup franc, la pratique du béton. Ça n'en finissait pas.

Soudain, en plein milieu de l'entraînement, une voiture de police s'arrêta derrière la cage. Le chef de la police et un policier en descendirent. Ils firent signe à Sosovele et Nkwabi d'approcher. La discussion dura bien un quart d'heure. Nous voulions profiter de cette interruption pour faire une petite pause, mais à peine Sosovele s'en aperçut-il qu'il nous cria, sur un ton pas très aimable :

– Continuez, bande de tire-au-flanc !

Les policiers partis, Nkwabi et lui revinrent nous mettre la pression. Au bout de trois heures de torture, nous étions anéantis, réduits à l'état de carpettes.

À boire, par pitié ! Hussein avait pensé à nous approvisionner en eau minérale et en jus de fruits. Pendant que nous jouions, le petit Sam Njuma surveillait les boissons d'un œil et nous de l'autre. Parfois il vociférait, comme l'aurait fait un entraîneur, parce que l'un de nous n'était pas à sa place. Ou bien il se frappait le front, désespéré par notre bêtise. Quand nous marquions un joli but, il levait un poing, comme l'entraîneur allemand qu'il avait vu à la télé.

À chaque fois qu'un joueur venait chercher à boire, il lui disait tout bas :

– Je pars avec vous. Que ce soit clair !

J'aurais donné cher pour savoir ce que voulait la police. Je posai discrètement la question à Nkwabi, mais il la balaya d'un revers de main. Impossible de lui tirer un seul mot. Entre-temps, j'avais pris ma décision : j'allais démissionner de mon poste de capitaine. Puisque presque tous les joueurs et les deux entraîneurs étaient là, c'était le bon moment pour l'annoncer.

– Mes amis, écoutez-moi. Voilà maintenant un an que je suis votre capitaine. Je pense qu'il est temps de passer la main. Je... euh... eh bien... je trouve que nous devrions élire quelqu'un d'autre.

– C'est quoi ces âneries ? s'étonna Nkwabi.

– Eh bien, il y a tellement à faire... c'est un peu trop pour moi.

– Mais tu t'en sors très bien, pourtant, lança Sosovele. Ou alors tu es malade ?

– Non, c'est pas ça. Mais le voyage, et tous ces problèmes, ça m'empêche de dormir.

– Quels problèmes ? demanda Sosovele en

faisant un pas vers moi. Je serais curieux de savoir ce qui tracasse notre Nelson.

Il avait dit cela d'un ton amical, presque compatissant.

Je promenai mon regard à la ronde. Ils me dévisageaient pratiquement tous, leur bouteille d'eau à la main.

Mirambo était assis juste en face de moi, je ne pouvais donc pas parler du problème de drogue maintenant. Même si je savais que cette histoire pesait lourdement sur ma décision de démissionner. Je ne me sentais pas à la hauteur de la situation. Ne sachant que dire, je restai silencieux et regardai droit devant moi. Et puis l'inspiration revint.

— Pour un pareil voyage, il nous faut un chef d'équipe plus sûr de lui, une grande gueule qui ne se laisse pas marcher sur les pieds.

À ma grande surprise, ce fut un éclat de rire général. Comment devais-je prendre ça ?

— Tu as pourtant Mandela pour te seconder, bougonna Nkwabi. Que veux-tu de plus ? Elle a toujours été ton arme secrète !

Les autres se mirent à rigoler de plus belle, certains me donnaient de grandes claques dans le dos. Je me sentais crétin. Ensuite, tout le monde se tut pendant presque cinq minutes, à part quelques-uns qui gloussaient encore ici ou là.

— C'est comme ça et pas autrement, insistai-je.

Alors Nkwabi se leva.

— Dans ce cas, on va voter. Attendez-moi là : je vais au bureau chercher du papier et des crayons.

On parla peu en l'absence de Nkwabi. Mais, mine de rien, tout le monde m'observait. Mandela resta muette. À l'intérieur de moi, ça remuait aussi fort que dans notre carriole, quand nous avions attrapé plein de grenouilles et de mangoustes. Nkwabi distribua les bouts de papier.

— Voilà : chacun écrit le nom du capitaine qu'il voudrait avoir. Un seul nom !

Puis l'entraîneur ramassa les bulletins pour les examiner.

— Eh bien alors, où est le problème ? lança-t-il à la ronde. J'ai six « Nelson », trois « Mister Nelson » et un « Mandela ».

Ma sœur me regarda. Elle devinait qui avait proposé sa candidature.

— Tu valides le scrutin, Mister Nelson ? me demanda Nkwabi.

Alors que je brûlais d'envie de secouer la tête et de dire : «Vous êtes fous !», je regardai devant moi, sans broncher.

— Nelson valide le scrutin, entendis-je Mandela proclamer.

Elle se leva, vint vers moi en dansant et m'embrassa.

Voilà comment ma tentative pour me soustraire à tous ces devoirs échoua. Quels devoirs, au fait ? Je n'avais même pas réussi à écrire un seul mot, quand j'avais voulu en dresser la liste, à tête reposée. À part l'affaire Mirambo. Je me trouvais un peu bête, maintenant, mais mon cœur battait quand même, tellement j'étais fier que tout le monde veuille me garder comme capitaine et que personne n'ait de critiques à m'adresser. C'est pas tous les jours que ça vous arrive, un truc comme ça !

Tous les joueurs se levèrent pour me serrer la

main. Hanan et Hanifa vinrent m'embrasser. Les deux entraîneurs me félicitèrent aussi. Alors que je venais d'essuyer une défaite. Mais eux voyaient la chose autrement.

Une semaine plus tard, pendant l'entraînement, un camion de livraison s'arrêta près du terrain. «Tenues de sport en tout genre» pouvait-on lire sur le côté du véhicule, sous un dessin représentant un footballeur vêtu du maillot national, shootant dans un ballon. Mais son corps avait une drôle de position, comme si on avait dessiné sa tête et une de ses jambes de travers. Il souriait de toutes ses grandes dents, comme dans les pubs pour le dentifrice.

On distribua à chacun d'entre nous une paire de chaussures de foot à sa taille ; flambant neuves.

Nous partîmes sur le terrain en courant dans tous les sens, comme des fous, et riant aux éclats.

Quand nous fûmes de nouveau regroupés, le livreur était toujours là. Sosovele nous distribua cette fois des tennis à semelles de caoutchouc.

— Avec ça, vous pourrez vous balader en ville, déclara-t-il.

Quand je lui demandai si le chauffeur allait nous faire payer les chaussures, il me répondit, comme ça, l'air de rien :

— Le magasin m'appartient !

Après notre course folle, chacun essuya la poussière qui recouvrait le cuir noir de ses chaussures, avec autant de soin que s'il avait nettoyé un bijou. On serait peut-être obligés de rendre ces chaussures, un jour.

Ce que j'ignorais encore à ce moment-là, c'est que quelques jours auparavant, Nkwabi, Sosovele et le père Jonathan étaient allés trouver les familles ou les employeurs des joueurs, afin de discuter avec eux du voyage. Et aussi pour leur demander de les aider dans les démarches administratives concernant les passeports et l'assurance-maladie. C'est ainsi que, grâce à l'intervention du célèbre Sosovele, Tutupa se vit accorder deux semaines de vacances par son supermarché. Et que Hanifa fut autorisée à interrompre sa formation de coiffeuse : elle pourrait la reprendre à son retour. En revanche, ils n'allèrent pas voir mes parents, partant du principe qu'un capitaine doit être capable de mettre son père et sa mère dans sa poche.

Le chef de la police me demande

J'avais refusé de répéter, avec les autres, le concert de rap : trop de choses à faire par ailleurs. Dès qu'ils avaient une minute de libre, dans la cour de l'école ou après les entraînements qui étaient pourtant intensifs et avaient lieu maintenant tous les trois jours, Mandela, Hanan, Hanifa, Guido, Kassim et Tutupa se retrouvaient quelque part. Kassim était aussi haut que large, mais ça faisait bien d'avoir un tel monument au milieu du groupe. En plus, il avait une belle voix, rocailleuse comme une vieille moto déglinguée.

Guido avait dégoté une radio portative qui lisait aussi les CD. Ils avaient trouvé je ne sais où du rap sans paroles. Je les apercevais parfois sur la

plage et j'entendais la musique de loin, ou bien
au coin d'une rue, près de la mosquée ou sous le
gros arbre, devant la Mission.

Je me demandais ce que les prêtres et les
bonnes sœurs pensaient de cette musique. Les
textes n'avaient rien de sacré et la musique ne ressemblait pas vraiment à des chants d'église. Mais
au fond, je m'en fichais. Ces religieux étaient
peut-être très contents : ça mettait un peu d'ambiance.

Quand il pleuvait et qu'il n'y avait pas de visiteurs, on leur permettait même de répéter dans le
grand hall du musée de la Mission. C'était certainement le père Jonathan qui avait arrangé le
coup : il jubilait à l'idée que nous puissions nous
faire un peu d'argent de cette façon, dans son
pays.

En revanche, quand il comprit que le bruit
courait parmi les joueurs qu'on allait tous revenir riches, il fit une sérieuse mise au point.

— Alors là, ôtez-vous ça de la tête tout de suite !
Avec un peu de chance, Sosovele récupérera une
partie de son argent. Mais ce n'est même pas sûr !

Partout où notre groupe de rap répétait, un attroupement se formait très vite. On disait même qu'ils avaient composé quelques textes rigolos pour le voyage en Allemagne. Les Allemands n'y comprendraient rien, heureusement.

J'avoue que leur spectacle était aussi génial à voir qu'à entendre. Je commençais à regretter de ne pas avoir le temps d'y participer. Je suis un assez bon danseur, paraît-il. Mais voilà, quand on est capitaine, on doit savoir faire des sacrifices. Et puis, il y avait ma sœur et elle était dans une forme olympique.

Deux semaines avant le départ nous étions en train de dîner, papa, maman, Mandela et moi, lorsqu'une voiture entra dans la cour. Papa alla voir. Il revint accompagné de deux hommes en civil. Je reconnus tout de suite le chef de la police. Il se tint sur le seuil et pointa son doigt sur moi.

— Tu es bien Nelson Kitumbo, le capitaine de l'équipe junior ?

J'acquiesçai.

— Viens voir un peu ici, dit-il.

Je me levai. Maman avait l'air plutôt inquiète et moi-même je n'étais pas tranquille. Qu'est-ce que ça voulait dire ?

Nous fîmes quelques pas jusqu'au portail, pour pouvoir parler sans être entendus. Le chef avait posé sa main sur mon épaule – je crus qu'ils allaient m'emmener.

– Mirambo Tirumanywa, il est bien dans ta classe ? me demanda le chef de la police.

– Oui, il est dans ma classe, balbutiai-je, tellement j'étais troublé. Qu'est-ce qui lui est arrivé ?

– Ce n'est pas le sujet, pour l'instant. Écoute-moi bien. Demain, il ne viendra pas en cours et les prochains jours non plus. Mais ne te fais pas de souci pour lui. Tu dis simplement au professeur que Mirambo est malade et que le médecin l'a mis au repos pour quelques jours. Voici un certificat, tu le donneras à ton instituteur. Compris ?

Il glissa dans ma main une petite fiche jaune que je ne pus lire puisqu'il faisait nuit.

– Qu'est ce qu'il lui est arrivé ? demandai-je encore une fois. Il ne peut pas venir avec nous ?

– Ça, je n'en sais rien encore, mon jeune ami.

Mais tu as intérêt à faire ce que je te dis. Sinon je serai obligé de t'arrêter. (Il rit.) Et pas un mot de notre visite ! Compris ?

— Bien sûr, je vais prévenir le professeur que Mirambo est malade et sera absent quelques jours.

Le chef de la police me donna une tape sur l'épaule et fit signe à son collègue qui s'installa aussitôt au volant. La voiture démarra lentement et disparut dans l'obscurité.

Je retournai dans la cuisine.

— Que te voulait la police ? me demanda papa, visiblement inquiet.

— Ils voulaient que je prévienne l'école que Mirambo est malade.

— Et le chef de la police en personne se déplace pour ça ?

De l'autre côté de la table, Mandela, un petit sourire aux lèvres, me lança :

— Eh oui, quand on est capitaine, on doit assumer ce genre de choses.

Sur ce, elle se leva et disparut dans la chambre. J'avais l'impression qu'elle n'était nullement étonnée de cette visite.

Je n'eus le fin mot de cette mise en scène avec les policiers que peu de temps avant notre retour d'Allemagne.

Nous avions rendez-vous avec nos deux entraîneurs et le père Jonathan au centre culturel TaSUBa, où Nkwabi enseignait le mime et les percussions. Sosovele voulait s'assurer que nous avions tous assez de vêtements pour notre séjour. Il ne restait que quelques jours avant le départ.

Je n'aurais pas été surpris d'apprendre que Sosovele possédait aussi une friperie. Il parut étonné de ne pas avoir à mettre une fois de plus la main au porte-monnaie. Nos familles nous avaient bien équipés, ça se voyait au premier coup d'œil. Je n'avais encore jamais vu mes copains avec une pareille garde-robe ! Ni devant la mosquée, ni quand on allait à l'église, avec papa. Vraiment tip-top ! Même Mirambo portait un pantalon correct et une veste. Achetés avec l'argent de la drogue, sûrement, me surpris-je à penser.

Que faisait-il là, d'ailleurs ?

Les trois filles de notre équipe étaient plus

pomponnées que jamais. Chacune paradait au milieu de nous comme Naomi Campbell en personne.

Il y avait aussi le petit Sam Njuma : il portait une cravate avec un nœud digne d'un professionnel. Avec toutes ces histoires, je l'avais oublié, celui-là.

Sosovele voulait-il vraiment l'emmener ? On pouvait s'attendre à tout, avec lui ! Mais pour l'instant ça m'était égal, car Nkwabi avait quelque chose à nous dire.

– Écoutez-moi ! lança-t-il en prenant son porte-documents. Demain, Hussein va chercher les passeports. Ça commence à devenir sérieux. Je vous lis le dernier e-mail de Willi :

Chers amis sportifs de Bagamoyo !

Au téléphone, Nkwabi m'a dit que tout se passait chez vous comme sur des roulettes. Nos joueurs ont refusé de vous envoyer à l'auberge de jeunesse. Vous serez hébergés dans deux appartements près du stade de Borsig, dans les familles de Soner et Wölfchen. Ils trouvent ça préférable, car ainsi nous serons toujours en contact.

Pour le paiement des billets d'avion, ça a marché comme vous le souhaitiez : la Fédération allemande de football et le gouvernement du Land ont envoyé des sous.

Il y a deux matchs de prévus : un contre l'équipe que vous connaissez. Ça, c'est le match retour. Elle aura lieu au Wersestadion, à Ahlen. Là où j'habite. Il y aura un second match contre l'équipe junior du Borussia Dortmund. Nous n'arriverons pas à remplir ce petit stade de 15 000 places, mais peu importe. Klopp, leur entraîneur, a été enthousiasmé par notre plan. Il assistera au match.

— Je le connais, Kloppo ! s'écria Sam Njuma.
— Tais-toi, petit ! Je continue :

Les joueurs de Dortmund sont excellents. Vous avez intérêt à compter vos abattis. On a fait une pub d'enfer pour les deux matchs. À la télévision, ils ont passé cinq fois l'extrait des deux minutes pendant lesquelles Yakobo a marqué le but gagnant pieds nus, en précisant que vous alliez bientôt venir jouer chez nous. Toute la Ruhr est en admiration devant cet exploit, quand bien même j'ai sifflé à tort la fin du match. C'est moi qui subis les reproches et moqueries en tout genre !

Après le second match, vous donnerez un concert de rap pour les fan-clubs. Ils ont hâte d'entendre ça : le rap tanzanien, personne ne connaît, ici. Je ne sais pas encore où vous vous produirez.

Alors : bon voyage ! Je viendrai vous chercher à l'aéroport de Düsseldorf avec le président du fan-club du BVB International, Levent Aktoprak. Je serai accompagné aussi de Rudolf Blauth, le président de l'Amicale de Bagamoyo. Nous viendrons avec le mini-bus de l'équipe.

Bien à vous,
Willi

Je ne sais pas si vous comprenez ça, vous : c'est à ce moment-là seulement que j'ai réalisé que nous allions bientôt partir. Quand l'excitation, la joie, les soucis et tout ce qui s'ensuit se mélangent, on a l'impression d'avoir été jeté dans une bétonnière qui tourne. C'était exactement ce que je ressentais. Et les autres aussi, à en juger par la tête qu'ils faisaient.

Pourtant, de nouvelles questions remontaient à la surface, tels des petits crabes sortant du sable : comment treize joueurs peuvent-ils être hébergés dans deux appartements ? Et Sosovele, Nkwabi et le père Jonathan ? Où vont-ils dormir ?

Mais j'avais appris au moins une chose, ces dernières semaines, c'est que je n'étais pas responsable de tout. J'allais devoir m'y faire.

Ça devient sérieux

Le centre culturel TaSUBa avait mis à notre dis-
position un minibus avec chauffeur pour nous
conduire à l'aéroport. Sosovele, lui, pouvait
emmener cinq personnes dans sa Range Rover.
Les moteurs tournaient déjà et les parents ser-
raient leurs enfants dans les bras. Certains avaient
les larmes aux yeux. Parce qu'ils étaient émus ou
parce qu'ils avaient peur pour leur progéniture ?
Difficile à dire. Maman aussi était venue à bicyclette nous faire ses dernières recommandations.
Les parents sont les mêmes partout, je suppose,
quand leurs enfants partent en voyage pour la
première fois !

Je cherchais Mandela des yeux, pour lui

demander si elle avait des nouvelles de Mirambo, quand Sosovele arriva avec le moustique, Sam Njuma. Il arborait des chaussures de foot toutes neuves. La mère du petit les accompagnait. À contrecœur, Sam la laissa l'embrasser et il fut le premier à monter dans le minibus pour se trouver une place près de la fenêtre. Il réservait le siège voisin au père Jonathan, qui, pour le voyage, avait troqué ses habits de prêtre contre un costume marron sacrément chiffonné. Sosovele brandit une pile de passeports et s'installa au volant de sa Range Rover. Nous étions partis.

Sans Mirambo.

À l'aéroport de Dar es-Salaam, nous eûmes la surprise de voir une voiture de police se garer le long de notre bus. En sortit le chef de la police de Bagamoyo, suivi de Mirambo, une valise à la main. Ils passèrent devant nous d'un pas pressé ; je voulus les suivre, mais Mandela me retint par la manche.

— Bouge pas. Ça baigne ! me souffla-t-elle.

Mirambo était déjà dans l'avion quand nous y montâmes.

Au sujet du vol vers Dubaï, notre escale avant Düsseldorf, je tiens à faire une remarque : il y en a parmi nous qui ont la langue bien pendue, à commencer par les filles qui jacassent du matin au soir. Mais laissez-moi vous dire qu'une fois tout le monde installé dans le gros appareil, plus personne ne pipa mot. À cause de l'angoisse, ou de l'exaltation ? Allez savoir.

Je passai une fois encore dans les rangs pour comparer les numéros de sièges à ceux des cartes d'embarquement.

— Sam, tu n'es pas attaché !

En aidant notre mascotte à boucler sa ceinture, je faillis l'étrangler, parce que les sièges sont prévus pour des adultes. En plus, je n'ai aucune expérience dans le bouclage des ceintures. Je dus le tirailler dans tous les sens, mais il ne rouspéta même pas. N'empêche que je me demandais bien comment il avait réussi à convaincre ses parents et Hussein Sosovele de venir avec nous.

Installé près d'un hublot, Mirambo se taisait. Lorsque je me penchai vers lui, il leva les yeux et me sourit.

— Pas de souci, Mister Nelson, dit-il. Je t'expliquerai plus tard. Profitons d'abord de ce voyage !

Fasten your seatbelt ! La consigne apparut sous forme de signal lumineux au-dessus de nos têtes en même temps qu'elle résonnait dans les haut-parleurs. Une ravissante hôtesse contrôla les sièges un par un. L'appareil roulait sur la piste. Puis il accéléra. Au moment du décollage, qui me plaqua au fond de mon siège, je me cramponnai aux accoudoirs. Le monstre volant transperça le ciel. Je tournai discrètement la tête à droite et à gauche pour regarder mes copains. Silence. Sur tous les visages, on lisait un mélange de fébrilité joyeuse et de peur. Eux aussi s'agrippaient aux accoudoirs, comme si on avait voulu les kidnapper. Par le hublot j'aperçus la mer, puis de nouveau la terre ferme. Enfin le bruit des réacteurs se réduisit à un faible vrombissement. Dans l'appareil, l'atmosphère ne commença réellement à se détendre que lorsqu'on entendit une voix saluer les passagers en anglais et en kiswahili et leur annoncer qu'ils pouvaient, s'ils le voulaient, détacher leurs ceintures.

Quel soulagement! Les conversations s'interrompirent quand la voix nous recommanda de regarder à gauche, par les hublots, pour voir le Kilimandjaro, notre plus haute montagne. On avait effectivement une vue extraordinaire sur ses cimes enneigées. Nous passâmes ensuite au-dessus des nuages qui masquèrent le sol. Je fus surpris de voir que plusieurs joueurs de l'équipe s'étaient endormis. Une fatigue inconnue m'envahit moi aussi, mais je trouvais tout de même dommage de dormir maintenant.

J'avais remarqué que certains des passagers assis à l'arrière, des Blancs, des Indiens et des Africains, se levaient et disparaissaient au fond de l'avion. Dans les toilettes sans doute. Je n'avais pas envie d'y aller, mais je me levai quand même. Quand un des W-C se libéra, je m'y enfermai pour l'examiner en détail. Comme ça, quand un de mes copains aurait besoin d'aller aux toilettes, je pourrais tout lui expliquer et passer pour un expert. Je fus déçu, car personne ne me demanda conseil.

L'atterrissage à Dubaï fut presque plus impressionnant que le décollage, pour les passagers novices que nous étions. On avait l'impression que l'avion allait piquer du nez dans l'océan ou s'enfoncer dans le sable du désert. Mais non : il se posa tout en douceur et nous échangeâmes des sourires de soulagement.

L'aéroport où il fallait attendre plusieurs heures me fit l'effet d'une mystérieuse ville de conte de fées, mais une ville sans ciel et sans étoiles. Que des allées bordées de beaux magasins, de restaurants et d'escaliers roulants. On pouvait tout acheter ici : de la barre chocolatée à la voiture, en passant par les diamants et les costumes les plus chics. Des gens de toutes nationalités flânaient dans cette ville comme s'ils y habitaient : nous étions les seuls à y venir pour la première fois, des vrais débutants. Après y avoir timidement fait un tour, nous trouvâmes un coin où nous asseoir par terre, sur la moquette, bien serrés les uns contre les autres, comme des poulets apeurés.

Quel drôle de monde ! Comment pouvait-on vivre ici ? Hussein vint s'asseoir à côté de nous.

— On est tout près de la mer et de la ville de

Dubaï. Ça, ce n'est que l'aéroport. Après, derrière, commence le désert. Mais on n'a pas le droit de sortir sans visa !

Qu'est-ce que j'étais content que des adultes nous accompagnent ! Ils sont quand même bien utiles, parfois. Dans ce tourbillon de lumières, de bruits, d'agitation, je n'avais pas entendu l'appel adressé aux passagers à destination de Düsseldorf.

Dans l'avion, je m'endormis. À un moment, on nous apporta un repas mais je trouvai ça immangeable et je passai mon plateau à Saïd qui n'en laissa pas une miette. Je replongeai dans le sommeil, jusqu'à ce que le haut-parleur nous annonce qu'on survolait les Alpes, que la grande ville, là tout en bas, était Vienne, et qu'il restait deux heures de vol jusqu'à Düsseldorf. Comme il n'y avait pas de nuages, on voyait la terre, en bas : un monde en miniature, un jouet. Nous allions ainsi d'émerveillement en émerveillement ; ça donnait le vertige. Et puis on nous annonça de nouveau : *Fasten your seatbelt.*

Kloppo not coming ?

Moulus de fatigue et excités comme des puces, nos passeports à la main, nous fîmes la queue au contrôle. Puis il fallut attendre nos valises et nos sacs autour du tapis roulant, et enfin ce fut la vraie porte de sortie.

Willi le Rouquin était là, avec Levent du fan-club. Il était à proprement parler turc. À proprement parler, qu'est-ce que ça voulait dire ? Je ne voulais pas me lancer tout de suite dans un inter-rogatoire, on aurait bien le temps plus tard. Après, Willi nous présenta Rudolf, le président de l'Amicale de Bagamoyo. Il n'avait pas fini de nous étonner, avec tout ce qu'il savait sur notre village. C'était un grand gars, avec une bonne tête et un rire timide. Il faudrait que je lui parle de notre club-house ; nous lui avions demandé d'en financer la construction, mais pour l'instant il avait refusé sous prétexte que la rénovation de l'hôpital était prioritaire.

Il n'allait pas s'en tirer à si bon compte !

Quelle ne fut pas notre surprise de voir aussi trois des joueurs de l'équipe allemande contre laquelle nous avions fait le match aller. Lorsque, avec nos sacs et nos valises, nous passâmes la douane, ils étaient au premier rang des gens qui attendaient : Boris, Wölfchen et Soner. Folle de joie, Hanan faillit faire tomber le goal turco-allemand à la renverse, en se jetant dans ses bras. Enfin ils allaient pouvoir reprendre tous les deux leur cours de langue. Mais Soner était-il à proprement parler turc, ou allemand ?

Mandela avait sans doute espéré que Nicki serait là aussi. Mais comme Willi nous l'expliqua, il n'arriverait que le lendemain, car dans la région où il habitait les vacances n'avaient pas encore commencé.

Je dois dire très franchement que nous étions

très, très contents qu'on vienne nous chercher! Comparé à cet aéroport, celui de Dar es-Salaam avait l'air d'une buvette! On n'aurait jamais pu s'y retrouver. Sosovele, lui, paraissait bien le connaître. Sam, qui ne voulait pas perdre une miette de ce qui se passait, trottinait derrière lui comme un petit chien. Les crampons de ses chaussures de foot résonnaient dans l'immense aérogare. Toutes les dix minutes, Hussein sortait un mouchoir en papier et l'aidait à essuyer sa morve. Ce qui n'empêchait pas Sam de se donner de grands airs. Il avait refusé de porter des baskets : il n'était pas question de lui faire enlever ses chaussures de foot.

Nous étions tous devant le bus jaune et noir de l'association de Beckum qui avait créé l'Amicale de Bagamoyo.

J'entendis Sam demander :

– *Kloppo not coming ?*

J'étais sûr qu'il allait perfectionner son anglais, en vue de sa carrière internationale.

Willi embrassa notre gardien Yakobo et le mit en garde.

— Écoute-moi bien, l'ami. Cette fois, si tu marques, c'est avec tes chaussures. Sinon, carton jaune !

Les journalistes qui venaient d'arriver mitraillèrent Willi et Yakobo en grande conversation. Et ils prirent également des photos de Mandela et Sosovele. Ils auraient pu poser aussi quelques questions au capitaine ; mais moi, je ne suis pas de ceux qui jouent des coudes pour se mettre en avant.

Quand les paparazzis eurent fini, Willi nous dit :

— Yakobo est une célébrité, ici. Depuis qu'on a montré à la télé le but qu'il a marqué, c'est devenu une superstar ! Et ne parlons pas de Mandela !

— Tu seras de nouveau arbitre ? demandai-je à Willi.

— Pour notre match retour, oui. Cela va de soi !

Tout le monde monta dans le bus. Sur le chemin de Dortmund, je fus bien étonné de voir des paysans dans les champs avec leurs tracteurs et leurs moissonneuses. Et pas une seule usine automobile. Mais pour l'instant, je ravalais mes questions. Il ne faut pas se montrer impatient, quand on est à l'étranger, m'avait dit maman, c'est mal vu. Elle n'était jamais sortie de Bagamoyo pourtant. Mais comme elle lisait beaucoup et écoutait la radio, elle était au courant de ce qui se passait dans le monde. On ne pouvait pas lui en remontrer, à ma mère !

Je remarquai aussi autre chose : bientôt on ne vit plus un seul champ, mais des villes et encore des villes. Cela n'en finissait pas : les gratte-ciel et les tours métalliques se succédaient, sans interruption. Aucune idée de ce que ça pouvait être ! Ensuite, nous roulâmes à un train d'enfer sur une autoroute à quatre ou six voies. Pas de nids-de-poule, pas de circulation à contresens, pas de feux tricolores, comme à Dar es-Salaam. Aucune patrouille. Aucune échoppe au bord de la route.

Où les gens faisaient-ils leurs courses ? Où achetaient-ils des fruits et des légumes, par exemple ?

Nos entraîneurs, Nkwabi et Sosovele, avaient réservé dans un petit hôtel sur la Borsigplatz, juste en face de là où nous étions hébergés.

– Pour aller à l'entraînement, vous prendrez le tram, c'est tout près, nous indiqua Willi.

Le père Jonathan, lui, serait installé non loin de là, dans le presbytère protestant ; il ne voyait aucun inconvénient à dormir chez la concurrence.

Willi nous expliqua qu'il avait décidé que les musulmans seraient hébergés par une famille turque, les catholiques et les protestants dans un appartement voisin. Il aurait pu s'épargner cette peine, car la religion n'entrait pas en ligne de compte dans notre équipe. Et nos musulmans n'étaient pas très stricts sur les interdits alimentaires.

Sam partageait la chambre de Hussein, qui avait promis de s'occuper du petit. En plus, il y avait un escalier roulant dans l'hôtel, et Sam était fasciné par les escaliers roulants depuis qu'il avait vu ceux de l'aéroport de Dubaï. Il ne se lassait pas de monter et de descendre. Il y en avait un aussi à Dar es-Salaam, mais quand nous avions voulu le prendre, il était en panne.

Chez Mama Lisa

L'immeuble où nous logions se trouvait dans une rue qui partait de la Borsigplatz. L'appartement était au cinquième étage. Nous n'avions jamais monté autant d'escaliers à la fois : quatre-vingt-huit marches.

— Ça sera un bon entraînement si on le fait dix fois par jour, commenta Mandela.

— Et si la baraque s'effondre ? (C'était la hantise de Saïd.) C'est vachement haut, quand même ! J'ose même pas regarder par la fenêtre.

— Tu vas t'y faire. Les gens habitent ici depuis toujours. C'est pas parce qu'une poignée d'Africains maigres comme des coucous débarquent que l'immeuble va s'effondrer, argumentai-je pour le rassurer.

Mirambo montait derrière nous, de son pas lourd, comme toujours. Wölfchen ouvrait la marche. Heureusement qu'on pouvait parler anglais avec lui. Sinon on aurait été paumés.

— Ma mère aussi parle anglais, nous dit-il. Pendant votre séjour, mes frères et sœurs et moi, on va habiter chez une tante, en face. Dans l'appartement, il ne reste que ma mère : elle vous fera la cuisine. Vous aurez trois chambres à vous partager.

La cage d'escalier, très étroite, était tapissée de papier à fleurs. Je n'avais vu ça qu'au cinéma. En regardant par une des fenêtres, j'eus un peu le vertige, moi aussi, tellement c'était haut.

La mère de Wölfchen nous accueillit sur le pas de la porte de l'appartement. Je m'attendais à une dame d'un certain âge assez forte ; en fait, elle avait trente ans tout au plus et elle était sacrément belle.

— Je m'appelle Lisa, dit-elle avec un grand sourire avant de nous serrer dans ses bras l'un après l'autre. Il y en a trois qui peuvent dormir dans cette chambre, les filles, peut-être. À côté, vous avez une chambre à deux lits et ici encore deux lits. J'ai changé tous les draps, bien sûr. Faites comme chez vous.

Je dois avouer que c'était la première fois de ma vie que je dormais ailleurs qu'à Bagamoyo – exception faite de la nuit dans l'avion de Dubaï à Düsseldorf. Nous étions tous intimidés et anxieux à la fois.

– Dans l'entrée, sur le réfrigérateur, il y a un téléphone, nous signala Lisa. Si vous voulez appeler vos copains qui logent à côté, c'est très simple, vous composez le 55567. Ils vous répondront tout de suite, c'est convenu comme ça. Et pour joindre vos chefs, à l'hôtel... voyons voir, j'ai noté les numéros de Nkwabi et de Hussein. Et vous avez même un prêtre avec vous ! Voici son numéro, si jamais vous avez besoin d'une bénédiction ou d'une confession. Bon, maintenant je me mets à mes fourneaux : nous déjeunerons d'ici une heure. Vous pouvez ranger vos affaires dans les armoires. Et il y a à boire dans le frigo.

Elle ouvrit une grande penderie dans la chambre de Mandela & Co, où étaient suspendus au moins vingt cintres.

— Là-bas, vous avez aussi une commode et une armoire plus petite, arrangez-vous entre vous. C'est pour peu de temps, de toute façon. Mais vous devez être morts de fatigue, non ?

Mes amis se tenaient là, silencieux, sages comme des images. Je ne les avais jamais vus comme ça. Nous essayions d'enregistrer tout ce que nous disait Mama Lisa.

Quant à moi, je balbutiai que nous ne voulions pas la déranger, que nous allions sûrement lui donner beaucoup de travail. Je lui demandai aussi où étaient ses autres enfants et son mari, et toutes ces choses qu'on dit par politesse. Elle balaya tout ça d'un revers de main.

— Ne vous en faites pas ! On est habitués à se serrer, ici. Dans une heure vous aurez quelque chose de bon à manger. J'espère que ça vous plaira. Je ne m'y connais pas en cuisine africaine !

Et elle disparut dans la cuisine. Je l'entendis chanter, puis elle alluma la radio.

Mirambo se jeta sur le lit.

— Eh, mec ! C'est carrément le luxe !

Les lits étaient vraiment super.

— Mais, il n'y a pas de draps ?

Mirambo m'interrogeait du regard.

— Tu n'as pas écouté ce que Hussein a dit ?
Ici, il fait froid, la nuit. Le truc sur lequel tu es
couché, là, il faut que tu te glisses dessous. Sinon,
tu vas cailler.

Sosovele – pour frimer, sûrement – nous avait
expliqué qu'ici, en Europe, c'était maintenant
l'été et qu'on avait de la chance de ne pas devoir
jouer en hiver, sur un sol gelé.

Voilà. Nos affaires étaient rangées dans l'armoire et la commode. Nous étions assis, chacun
sur son lit, ne sachant pas quoi faire d'autre.

Le téléphone sonna, dans le couloir. Par la
porte ouverte nous regardâmes ce machin noir,
mais personne n'eut le courage de s'approcher.
C'était encore moi qui devais m'y coller.

— Allô ?

C'était Guido.

— Eh mec ! On est super bien logés, nous. On
a chacun un lit. Et il y a des grosses vestes sur le
portemanteau pour le cas où il se mettrait à faire
froid. Et vous ?

– Impec. Dans une heure, à midi, on mange. Tu as changé l'heure, sur ta montre ?

– C'est clair ! Ici, il n'y a pas de piscine, mais une douche avec de l'eau chaude en permanence. Quand est-ce qu'on se retrouve ?

– Vers trois heures. À l'angle de la rue et de la place. Comme ça tu me montreras l'entrée de votre immeuble.

Mama Lisa sortit de la cuisine.

– Ici, en face, vous avez le séjour. Vous pouvez regarder la télévision et vous mettre à l'aise. Et puis tenez, voici deux clefs de la porte de l'immeuble et deux clefs de l'appartement. Si jamais l'un de vous veut sortir le soir.

Sortir le soir ? C'était le cadet de mes soucis, pour l'instant. J'étais déjà bien content de ne pas me retrouver seul dans un appartement avec des gens que je ne connaissais pas.

Quand nous fûmes tous les sept à table, la cuisine était pleine comme un œuf. Lisa apporta un plat de riz, du poisson, du chou cuit et de la salade. Je vis le visage de Mandela se détendre.

Elle avait horreur des pommes de terre. À part les pommes frites. Mais ça, nous aurions certainement l'occasion d'en manger. Je ne savais pas encore qu'on les appelait tout simplement des «frites» et qu'on en trouvait à tous les coins de rue, chez les Turcs ou les Grecs.

— Ici, nous sommes dans un quartier ouvrier, expliqua Lisa en nous donnant des petites coupes pour le dessert. Ce n'est pas aussi chic qu'ailleurs. Pas de piscines privées et tout ça, comme chez les riches. Mais juste derrière notre immeuble, il y a une piscine municipale. Tout le monde la connaît, ici. Je vous montrerai tout à l'heure où sont les toilettes et la salle d'eau. Le matin, il faudra vous organiser un peu pour prendre la salle de bains chacun à votre tour. Et dans l'entrée, vous trouverez des manteaux, au cas où il ferait froid. Vous prendrez ce qui vous va.

Saïd, Mandela et moi, on connaissait les toilettes avec une chasse d'eau, parce qu'on en avait à la maison. Mais pour Mirambo et quelques autres, c'était nouveau. Il n'y avait pas d'eau pour se rincer, comme chez nous : alors il fallut que je leur explique, dans notre langue, comment s'essuyer le derrière avec du papier.

– Vous prendrez vite le coup, ajoutai-je pour les rassurer. Bon, mettez vos bonnets. Il fait peut-être froid !

Mes copains avaient apporté de superbes bonnets multicolores tricotés par leurs parents ou leur tante, pour le voyage. Ça allait magnifiquement avec notre couleur de peau.

Ensuite, nous dévalâmes l'escalier.

Les filles étaient restées au moins une demi-heure dans la salle de bains à se bichonner. Moi, ça ne m'étonnait plus, mais les autres allaient devoir s'y habituer. Mama Lisa apparut de nouveau sur le seuil.

– Le jour du match, je viendrai avec vous, hein ? D'habitude, je ne vais voir que ceux où jouent mes enfants, mais on m'a raconté tellement de choses incroyables sur vous !

Nous lui sourîmes. Notre timidité mettait du temps à s'estomper. Mais une chose était sûre : Lisa était très chouette.

On a bien le droit de danser, quand même

À l'angle de la place, nous nous rassemblâmes comme un troupeau de moutons apeurés. Pour cette première sortie non accompagnée nous n'étions pas très sûrs de nous. Si encore j'avais eu quelques notions d'allemand ! Seule Mandela semblait parfaitement à son aise. Elle entrait dans chaque boutique, chaque restaurant, juste pour voir. Elle parlait sans complexe en kiswahili ou en anglais, sans se demander si les gens la comprenaient. En tout cas, personne ne la mit dehors, au contraire. Presque à chaque fois, les employés la raccompagnaient jusque dans la rue.

Le soleil brillait, mais il venait sûrement de pleuvoir, vu toute l'eau qui coulait dans les caniveaux. Dans les rues roulaient plein de voitures étincelantes, sans un seul point de rouille ni une seule bosse, contrairement à celles qu'on voyait souvent dans les films, à la télé. Les rues et les trottoirs étaient aussi propres que nous l'avions imaginé. Il s'en passait des choses : devant les restaurants, sur les trottoirs, des gens buvaient un café ou déjeunaient au soleil. Je n'avais jamais vu de pipe à eau, mais ce que les hommes avaient là, à côté d'eux, c'en était sûrement. Étaient-ils turcs ? Et toutes ces femmes avec un foulard sur la tête ne m'avaient pas l'air typiquement allemandes non plus.

Nous n'avions absolument aucune idée de ce que nous allions faire. Nkwabi nous avait donné rendez-vous à cinq heures devant l'hôtel. Nous avions deux heures devant nous.

De la grande pelouse ronde plantée d'arbres, au milieu de la place, et des rues adjacentes accouraient des enfants, de plus en plus d'enfants. Ils nous regardaient, les yeux écarquillés, en discutant avec animation. Malheureusement, nous ne comprenions rien. Toujours plus nombreux aussi étaient les adultes qui s'arrêtaient pour observer cette horde de jeunes Noirs.

— Qu'est-ce qu'ils ont à nous regarder comme ça ? demanda Mirambo.

— Quand un wagon de sacs de farine débarquent chez nous, c'est pareil, les mômes les regardent aussi, pontifia Tutupa.

— Il ne faut pas appeler les Blancs des « sacs de farine », ajoutai-je. Il y a peut-être des gens, ici, qui comprennent notre langue ! C'est très répandu, le kiswahili ! Après ce sera écrit dans les journaux et on aura bonne mine ! Personne ne nous a encore traités de « sacs de charbon », nous.

— D'accord. Et comment ils nous appellent, alors ?

— « Les Africains », sûrement. Ou « les Tanzaniens ». On demandera à Hussein.

Cette place et les rues adjacentes où nous nous promenions étaient bordées de petites boutiques et de restaurants. Devant l'entrée d'un immeuble, je vis un Noir en train de fumer. J'allai le trouver et lui adressai la parole en kiswahili. D'abord il eut l'air surpris.

— *Africa ?* demanda-t-il avec un accent anglais.

— *Yes !*

Il sourit — et me souffla sa fumée de cigarette dans la figure. C'était peut-être une coutume, dans certains pays d'Afrique. C'est vrai que c'est très grand, l'Afrique ; on y parle mille langues différentes ; alors comment savoir laquelle cet homme parlait ?

C'était ma première tentative pour engager la conversation avec les gens du cru. Je n'avais pas vraiment apprécié qu'il me souffle sa fumée en pleine figure.

Tout autour de la place, il y avait des arbres et au milieu une grande pelouse. Mais aucun feu tricolore ne permettait de traverser jusqu'à cette prairie. Nous profitâmes d'un moment de creux dans la circulation pour traverser en courant vers la pelouse, puisque Kassim avait un ballon avec lui. Je dus expliquer à quoi servait le feu tricolore. J'avais appris ça à Dar es-Salaam — à Bagamoyo, il n'y en avait pas. La bande d'enfants blancs nous suivit ; les petits n'arrêtaient pas de jacasser et de glousser.

C'est alors qu'un monsieur cria, depuis le trottoir :

— Bagamoyo, *football*, Yakobo !

— Ils nous ont reconnus ! jubila ma sœur.

Nous sourîmes au groupe d'hommes.

— Televijeun, televijeun, lancèrent-ils.

Je ne sais pas si tu comprends, mais d'un seul coup, nous ne nous sentions plus aussi étrangers et inquiets. Parce que ces gens savaient d'où nous venions.

— On leur offre un petit spectacle ? proposa Mandela.

Elle l'avait dit assez bas, mais nous avions entendu. On commença à frapper dans nos mains, Mandela leva les bras et se mit à danser.

Malgré les raideurs qui me restaient du long voyage en avion et en bus, je me lançai moi aussi.

Il n'y a pas à dire, pour danser, ma sœur et moi, on fait la paire. Bientôt, je vis du coin de l'œil que le trottoir était noir de monde, rempli de spectateurs qui frappaient dans leurs mains. Il y avait aussi des gens aux fenêtres. Des automobilistes s'arrêtaient carrément et baissaient leur vitre pour nous regarder. Certains descendaient même de voiture. Nous avions de moins en moins de place pour danser, tellement le cercle des enfants se resserrait autour de nous. Du haut de son mètre quatre-vingts, Mirambo essayait de leur faire peur. Prenant une mine patibulaire, il montrait ses grandes dents en grognant. On aurait dit le diable en personne. Au début, les gosses reculaient d'un pas, mais ensuite ils rigolaient et voulaient entrer dans la danse. Tout à coup surgit un tramway qui passa à toute allure en klaxonnant comme un fou ; nous n'avions pas vu que des rails traversaient la pelouse...

À peine le tramway parti, nous entendîmes une grosse voix qui s'adressait à nous dans notre langue.

— Vous êtes malades, ou quoi ? Vous ne voyez pas que vous provoquez un embouteillage ?

C'était Sosovele, qui tenait le petit Sam par la main. Willi le Rouquin les suivait, hilare. Nous arrêtâmes tout de suite de danser : autour de nous, les applaudissements redoublèrent, tandis que s'élevaient des exclamations auxquelles nous

ne comprenions rien. Personne ne partait : ils en
redemandaient.

— La prochaine fois, prévenez-moi avant, je
ferai venir la presse ! lança Willi.

Il trouvait ça drôle. Mais Sosovele, lui, nous
passa un fameux savon.

— On n'a pas idée de danser comme ça n'importe où ! Les Européens ont assez de préjugés sur
les Africains. Ils croient que nous ne savons faire
que ça, danser. Alors c'est pas la peine d'en rajou-
ter, nom d'un chien !

Bien sûr, Willi n'avait rien compris à ce ser-
mon. Nous non plus, d'ailleurs. Pourquoi ne fallait-il pas leur montrer que nous aimions danser ?

— Venez, nous lança Willi. Je vais vous faire
voir le terrain où vous pourrez vous entraîner
demain et après-demain. Ce n'est pas très loin,
en tramway. La piscine est juste à côté. Vous pouvez y aller gratuitement, je me suis mis d'accord
avec eux.

— Tu as pris des entrées pour toute la bande ?
s'étonna Sosovele.

— Non, même pas ! Pendant les dix prochains

131

jours, ce sera leur couleur de peau qui leur servira de billet d'entrée. Tout le monde ici est au courant.

Notre terrain de Bagamoyo faisait figure de décharge, comparé à ce centre sportif. Sur un côté il y avait une vraie tribune, couverte en plus ! Le terrain était parfaitement plan, l'herbe, fraîchement tondue et verte comme des feuilles de bananier, les lignes, refaites récemment. Des filets dans les cages, comme on le voyait dans les retransmissions de matchs internationaux à la télé. Sur la piste qui entourait le terrain, des filles s'entraînaient à la course de haies.

Nous saluâmes une grosse dame coiffée d'un foulard, qui sortait de son bureau. Elle avait l'air aussi énergique que nos mamas du marché.

— Je vous présente tante Käthe, la gardienne du stade ! nous dit Willi.

Nous fîmes une fois le tour du terrain en écoutant Willi nous exposer le programme.

— Ce soir, on va tous aller dîner au restaurant. Il y aura là quelques joueurs de l'équipe junior de Dortmund. Ainsi que des filles de l'équipe féminine. Pour que vous fassiez un peu connaissance.

Demain et après-demain matin, vous avez entraînement avec Nkwabi et Hussein, et l'après-midi vous irez visiter le parc Romberg et le centre-ville. Vous n'avez encore rien vu ! Le surlendemain, on prendra le minibus pour aller à Ahlen et, à trois heures, ce sera le coup d'envoi du match contre l'équipe que vous avez rencontrée à Bagamoyo. Ils sont pressés de prendre leur revanche. La vente des billets se passe bien, je crois qu'on aura pas mal de monde. Ce stade-ci est pris, ce jour-là.

Sam Njuma s'était fait traduire par Sosovele tout ce qu'il ne comprenait pas.

— *What is with Kloppo ? And Grosskreuz ?* demanda-t-il.

— Jürgen Klopp viendra peut-être assister au match dans ce stade-ci ! Mais il est très pris. En tout cas, il sait que vous êtes arrivés.

Sam dut se contenter de cette réponse, mais il fit la tête.

Nkwabi nous donna à chacun un billet de vingt euros.

— Voilà votre argent de poche. Vous n'aurez

pas un centime de plus, alors tâchez d'être éco-
nomes. Quand vous serez en ville, n'allez pas
acheter n'importe quelle cochonnerie ! Réflé-
chissez bien à ce dont vous avez besoin. Ou à ce
que vous voulez rapporter à vos parents. (Il prit
un air sévère.) Et pas question de barboter quoi
que ce soit dans les magasins, hein ? Vous vous
feriez choper tout de suite, et là, ce serait la fin
des haricots pour nous ! Alors s'il vous plaît, ne
nous ridiculisez pas !

— Moi, je vais m'acheter des lunettes de soleil
noires avec des verres miroirs, chuchota Tutupa.

Mais Willi n'avait pas fini.

— J'ai trouvé un bon restaurant turc, le Diwan.
Comme ça, les musulmans n'auront pas besoin
d'avoir peur qu'on leur serve du porc. J'ai réservé
plusieurs tables. Les autres s'y rendront directement.

Puis nous le suivîmes pour aller visiter la piscine gratuite. Ici aussi, tout était impeccable. Pas
un papier par terre, des poubelles partout. Sur la
pelouse, des gens se faisaient bronzer sur des
draps de bain, comme les mzungu sur nos plages.

C'est vrai qu'ils étaient tous blancs comme des sacs de farine.

— Vous pourrez venir nager ici après l'entraînement. Dans le stade, les douches se trouvent près des vestiaires. On vous emmènera aussi à Cologne et on s'arrêtera pour déjeuner dans une ferme-auberge.

Au restaurant Diwan, Willi dut nous traduire la moitié de la carte et tout nous expliquer en détail. Des filles et des garçons de l'équipe junior arrivaient à notre table, les uns après les autres. Ils étaient aussi intimidés que nous, et ce n'était pas facile de discuter avec eux. Très peu parlaient anglais. Une des filles, une blonde, presque aussi grande que Mirambo, vint spontanément s'asseoir près de lui. Il était tellement gêné qu'il faillit s'étrangler avec son kebab. L'atmosphère finit par se détendre. J'allais proposer à Mandela de nous faire un petit numéro de danse pour mettre un peu d'ambiance, lorsque Nkwabi nous dit en kiswahili :

— Allez, on y va. Demain, rendez-vous à neuf heures sur le terrain ! Après ce long voyage, une bonne nuit s'impose. Le bus vous attend dehors pour vous ramener à la Borsigplatz. Vous avez des questions ?

— Comment on vient au stade, demain ?

— Exactement comme aujourd'hui. Vous prenez le tram. Vous avez un billet de groupe valable pendant tout le séjour.

Même s'il n'avait pas encore échangé un seul mot avec elle, Mirambo avait visiblement du mal à quitter la grande blonde.

J'avais décidé de le questionner sur son histoire avec la police, dès le lendemain. Je n'avais pas eu l'occasion de le faire dans l'avion, mais c'était mieux ainsi : je ne tenais pas à ce que quelqu'un entende notre conversation.

Le dîner était délicieux, mais la soirée aurait certainement été plus sympa si nous l'avions passée avec l'équipe contre laquelle nous avions joué à Bagamoyo.

À l'appartement, il y eut un peu d'embouteillage aux toilettes et à la salle de bains. Lisa nous montra d'autres W-C dans l'escalier, un étage au-dessous, ce qui simplifia notre organisation.

Comme j'avais prévu cette affluence aux toilettes, j'y étais allé avant de quitter le restaurant
Je fis l'impasse sur le brossage des dents et fus
donc le premier à me glisser sous la couette. Je
m'endormis aussitôt.

Des ampoules aux pieds

Pendant les derniers entraînements à Bagamoyo, nous avions joué avec nos baskets ou pieds nus, pour ne pas abîmer nos chaussures de foot toutes neuves. Une erreur dont on put mesurer les conséquences le premier matin, sur le terrain de foot. La moitié de notre équipe avait des ampoules aux pieds ; même Mandela, qui n'est pourtant pas douillette, boitait un peu. Des Allemands que nous connaissions, seul Soner était venu s'entraîner avec nous.

Je montrai mon pied gauche esquinté à Sosovele, qui me dit simplement :

— Soner va acheter des pansements à la pharmacie. Tu perces les ampoules, tu colles un pansement dessus et tu continues à jouer. Allez hop !

Plus tard, il acheta aussi de la pommade. Ils avaient des remèdes magiques, dans ce pays ; nos sorciers auraient pu en prendre de la graine !

Aucun de nous n'avait vraiment envie de s'entraîner. Nous étions à l'étranger et il fallait courir pendant des heures sur une pelouse d'où l'on ne voyait que des buissons et quelques tours, au loin. Notre balade en ville, ç'avait été autre chose. On avait pris des rues sans aucune voiture, des ruelles où marchaient plein de gens. De temps en temps un couple ou un groupe s'arrêtait pour nous regarder, puis riait ou applaudissait. Ils avaient certainement vu Yakobo à la télévision ou appris notre venue par les journaux. En un rien de temps, Tutupa s'était acheté des lunettes de soleil à verres miroirs : il était fier comme un pou. Kassim portait un tee-shirt jaune et noir avec l'inscription BVB et la photo de Klopp imprimée dessus. Sam le lorgnait d'un œil jaloux : il en voulait un pareil.

Je ne cherchai pas à savoir ce que mes copains avaient acheté d'autre. Ça ne m'intéressait pas tellement. Je m'assis un peu à l'écart, à côté de Mirambo.

– Alors, c'était quoi cette histoire avec la police ?

Il se mordit les lèvres.

– Ben, c'est-à-dire que… Sosovele a appris ce que je faisais comme boulot : livrer des trucs à des gens. Il m'a demandé de continuer comme si de rien n'était. Ça m'a étonné. Et il m'a dit : officiellement, pour l'école, tu es malade. Tu ne parles à personne, jusqu'à ce que je te donne des nouvelles. Pas longtemps après, la police est venue me chercher et je leur ai dit tout ce que je savais. Retourne chez toi, continue comme avant, ils m'ont fait. J'y comprenais rien. Plus tard, dans l'avion, Sosovele m'a annoncé qu'ils avaient arrêté mes commanditaires et leurs clients à Dar es-Salaam. Il m'a assuré aussi qu'ils allaient tous les mettre en tôle pour qu'il ne m'arrive rien. Et qu'il m'aiderait à trouver un autre boulot. C'est tout ce que je sais.

– Quoi, comme boulot ? lui demandai-je.

– Aucune idée. Hussein m'a promis de trouver quelque chose.

– Mais qui a informé la police ?

– Le père Jonathan. Il a des relations. Et je crois

que Sosovele s'en est mêlé aussi, mais d'après lui, les Blancs ont plus d'influence auprès des flics.

J'étais rassuré. Si j'avais bien compris, la police avait tiré notre joueur de ce mauvais pas. Je trouvais ça fair-play. Ils auraient pu l'envoyer pour je ne sais combien de temps dans un foyer de jeunes délinquants.

Tout à coup, près de la gare, Nicki surgit d'une petite rue et tout le monde le salua d'un grand «Bonjour!». Mandela et Nicki s'étreignirent comme s'ils voulaient s'étrangler mutuellement. Nicki était venu avec un ami, Jakob.

– Jakob va remplacer Boris qui est malade. C'est notre nouveau Messi!

Il exagérait peut-être un peu, mais on accueillit ce sympathique Jakob comme il se doit.

– Dis donc, vous dormez où, tous les deux? demandai-je à Nicki. Si tu veux, vous pouvez venir là où on loge. Il y a de la place sur le canapé du salon. Mama Lisa sera sûrement d'accord.

– C'est gentil, mais mon grand-père habite ici et il a assez de place pour nous. Il veut voir vos deux matchs.

Le soir, Nicki nous rejoignit au restaurant avec Jakob et son grand-père. Mais il embrassa quand même Mandela. Cette familiarité ne lui posait pas de problème, pas plus qu'à son grand-père qui s'engagea aussitôt dans une discussion animée avec Willi et Nkwabi, à l'autre bout de la table. Le surlendemain, dans le bus de l'association qui nous emmenait à Ahlen, plus personne ne se plaignait d'avoir mal aux pieds. La pommade et les pansements avaient fait merveille. Lorsque certains joueurs de l'équipe allemande que nous avions battue à Bagamoyo montèrent, les retrouvailles furent indescriptibles. Pourtant quelque chose avait changé. Nous n'étions plus aussi décontractés qu'à Bagamoyo. Peut-être parce que ça faisait longtemps qu'on ne s'était pas vus ?

Ou bien était-ce le trac, avant le match retour ?

Il restait trois heures jusqu'au coup d'envoi.

J'avais peur qu'il n'y ait personne pour venir nous voir jouer. À part le grand-père de Nicki, les parents de Soner et Mama Lisa. Et peut-être quelques membres de l'Amicale de Bagamoyo.

Mais ce n'était pas la seule chose qui me chagrinait.

Le match, à Bagamoyo, avait été un événement exceptionnel. Pour tout le monde ! Nous étions là pour jouer le match retour, très bien. Je sentais que notre équipe s'attendait à ce que cette rencontre soit tout aussi marquante, mais moi je n'arrivais pas à l'imaginer. Nous n'avions rien à préparer, le terrain était sans doute aussi parfait que le stade de Dortmund. Aucune vache ne viendrait le traverser. Yakobo allait garder ses chaussures aux pieds. Le public – si on avait du public – serait complètement différent. J'eus une pensée un peu nostalgique pour nos spectateurs de Bagamoyo et notre terrain de foot.

Je n'arrivais pas à imaginer *quoi que ce soit*, en fait, c'était ça le problème.

On va jouer dans un champ ou quoi ?

À la fin du dernier entraînement, Nkwabi et Hussein nous avaient pris à part. Nous étions tous assis sur le gazon moelleux. Sur la piste de course, des filles sautaient encore allègrement les haies. Tante Käthe nous prenait en photo.

— On ne voit pas ça tous les jours, commenta-t-elle.

Puis elle nous laissa faire nos plans tranquillement. Nkwabi dessina sur un bloc de papier la composition de notre équipe.

— Nous allons essayer quelques changements : ça devrait casser la défense et renforcer notre attaque. Les milieux de terrain, courez un peu plus et essayez de récupérer les actions des défenseurs.

N'oubliez pas : des passes courtes, sauf pour des passes ciblées. Et bloquez le ballon ! Mandela est à l'offensive au centre du terrain mais va soutenir la défense quand ça urge. Ça vaut aussi pour Kassim, Tutupa et Omari. Voilà, ça, ce sont les positions clefs des attaquants, et en même temps vous attirez les adversaires à l'extérieur. Devant, Mirambo est à l'affût sur l'aile gauche avec Saïd qui contrôle le milieu de terrain et Nelson l'aile droite. La tactique du sandwich, vous voyez ? Les quatre qui sont derrière continuent de remonter, comblent les vides et se montrent disponibles. On a déjà travaillé ça en entraînement. C'est le 3-4-3 ! Les défenseurs sont Hanifa, Hanan et Guido, au centre. Lupembe et Wilson restent d'abord sur la touche.

Évidemment, Sam Njuma était là aussi, au milieu de nous, mais il ne faisait aucun commentaire, même s'il en mourait d'envie.

J'avais encore des questions.

— Et qui joue le libero ?

— Pas de libero ! Tout le monde est meneur de jeu, même le gardien de but qui prépare l'attaque en dégageant. Les deux filles et Guido se sont entraînés à faire des passes précises vers l'avant, on va bien voir maintenant comment vous vous en sortez.

— Si je remonte trop, je ne pourrai pas appuyer les défenseurs! objecta Mandela.

— Ça dépend comment se déroule le match. Il y a aussi Guido. Peut-être qu'il faut passer plus vite en défense ou en attaque. On ne sait pas encore comment sera composée l'équipe adverse. Vous n'êtes pas obligés de remonter systématiquement pour récupérer un tir en volée bien ciblé.

Hussein Sosovele intervint.

— Si vous vous prenez une tôle, c'est pas bien grave. N'oubliez pas que nous sommes les visiteurs. Mais Yakobo est capable de nous éviter ça. Et, Yakobo… (Il lui donna une grande claque dans le dos en rigolant.)… tu restes dans la cage! Tu ne peux pas renouveler le tour de passe-passe de la dernière fois.

— Ils n'en marqueront pas un seul! s'exclama Yakobo en nous regardant tous avec un sourire jusqu'aux oreilles.

– On ne peut pas arrêter tous les tirs au but, coupa Sosovele.

Nous ne connaissions pas Ahlen et encore moins le Wersestadion. Après avoir quitté l'autoroute, notre bus traversa la campagne : une succession de champs splendides : céréales, pommes de terre, maïs, des champs entiers de choux et autres légumes. Et partout des chevaux grands comme des éléphants. Chez nous on voyait rarement des chevaux, et surtout pas des comme ça ! De temps en temps, on traversait une forêt, puis c'étaient de nouveau des fermes, des jardins et des prés où paissaient des vaches sans bosse. Depuis une demi-heure, nous ne traversions que de tout petits villages, et je me dis tout à coup : si ça se trouve, à Ahlen, on va jouer sur le terrain de jeu d'un paysan du coin.

Je m'étais encore trompé. Le stade se dressa bientôt devant nous et notre bus s'arrêta derrière une haute tribune. Le gardien du stade nous conduisit dans des vestiaires extraordinaires.

– Nous prendre une tôle ? Alors ça, jamais !

grommela Mandela, furieuse, en laçant ses chaussures. On va les écraser, oui !

— Attends, attends, tempérai-je, ils sont hyper forts ! Faites gaffe à Kongo-Otto, Wölfchen et Nicki.

— Nicki, de toute façon, il va même pas oser approcher Mandela, ironisa Tutupa, ce qui nous fit hurler de rire tellement fort que les vitres en tremblèrent.

Mandela sourit, pas du tout vexée de faire les frais de nos blagues.

— Pour l'instant, elle ne lui a pas encore sorti le carton rouge, renchérit Hanan.

Et les rires de redoubler.

— Toi, tu vas tirer le premier penalty contre le gardien de but, Soner. Et il te remerciera en turc !

J'étais drôlement soulagé que l'atmosphère se soit détendue.

— Je vais voir s'il y a un peu de public. On est à la campagne, ici.

Après avoir longé le couloir, je risquai un coup d'œil vers la sortie où se tenait le gardien du stade.

– C'est bourré à craquer, claironna-t-il. Des classes entières d'élèves. Et il y en a plein d'autres qui arrivent !

En regagnant les vestiaires, voyant que les Allemands commençaient à faire leurs assouplissements dans le couloir, je me dépêchai d'aller battre le rappel dans nos troupes.

– Les gradins sont quasiment vides, annonçai-je en faisant une tête de six pieds de long.

Après quoi notre équipe quitta les vestiaires, prit le long couloir avec l'équipe adverse et pénétra sur le terrain.

Nous tombâmes nez à nez avec la grande blonde de la veille qui fit signe à Mirambo. Ils se saluèrent en se tapant dans la main. Mirambo lui sourit d'un air gêné.

– Elle s'appelle comment ? lui demandai-je.

– Qui ça ?

– Mister Mirambo fait l'innocent ! Allez !

– J'en sais rien.

J'avais du mal à jauger combien de personnes il y avait dans les gradins. Ils étaient pleins, et les places debout étaient presque toutes occupées aussi. Il y avait énormément d'enfants et de jeunes, et autant d'adultes.

On se mit en place en attendant que Willi fasse venir les capitaines et les juges de ligne, mais à ce moment-là un type accourut jusqu'au milieu du terrain avec un micro.

— Il y a d'abord le discours du maire et ensuite ce sera à toi de parler ! m'expliqua Sosovele en me donnant une bourrade.

Je me sentis devenir cramoisi.

— Ça va pas, la tête ? m'emportai-je. Il fallait me prévenir. Qu'est-ce que tu veux que je dise ?

— Tu dis quelque chose de gentil au public, ce qui te passe par la tête.

Maintenant je savais plus clairement pourquoi j'avais voulu démissionner, avant de partir ! Si vous avez déjà parlé dans un micro, devant une foule, vous me comprendrez. Mille idées me traversaient la tête au point de me rendre fou. Un discours devant autant de monde !

C'est alors que Mandela se glissa près de moi et chuchota :

— Tu parles comme d'habitude, tout simplement, tu dis ce que tu ressens ici. Et tout ira bien, tu verras.

J'avais tellement le trac que je ne compris pas un traître mot du discours du maire qui parlait pourtant en anglais. Des applaudissements l'interrompaient constamment. Il disait certainement des choses très gentilles, peut-être même à notre sujet. Enfin, il m'invita à prendre sa place, devant le truc noir.

— Et maintenant, je passe la parole au capitaine de notre équipe tanzanienne, Nelson Kitumbo!

Ça applaudit de tous côtés.

De la main droite, je me cramponnai au micro et je me jetai à l'eau.

— Eh bien tout d'abord, *jambo*, comme on dit chez nous. (Gros applaudissements.) J'espère que vous avez autant la pêche que nous. (Rires, applaudissements, exclamations ici et là, que je ne compris pas.) S'il y en a parmi vous qui pensent qu'en Afrique on ne sait que danser, eh bien ils se trompent! (Rires.) S'il fallait énumérer tout ce que nous savons faire d'autre, on n'aurait pas fini. Mais aujourd'hui, c'est de football qu'il s'agit.

(Rires et tonnerre d'applaudissements.) En traversant la campagne pour venir ici, je me disais : Ahlen est sûrement un petit village et c'est un paysan qui va nous prêter son champ pour le match. J'avais été mal informé. (Encore des rires.) Quel stade magnifique ! Nous sommes très contents d'être ici et de jouer encore une fois contre cette équipe. Imaginez-vous qu'à Bagamoyo, d'où nous venons, on en parle encore, de ce match ! (Petite pause, puis je reprends, lentement.) Les joueurs de cette équipe ne sont plus des adversaires, pour nous, (Je ménage encore un bref silence. Tout le monde se tait.) Ce ne sont plus des adversaires mais des amis. Sur le terrain, on peut gagner ou perdre contre des amis, ce seront toujours des amis. Alors, allons-y !

J'eus même droit aux applaudissements de mon équipe et des joueurs allemands. Mon cœur battait très fort. Je ne savais pas ce que j'avais raconté, peut-être n'importe quoi. Mais au regard que me lança Mandela, je compris que j'avais trouvé le ton juste. Même Sosovele avait l'air satisfait.

À présent, le choix des camps ayant été tiré au sort, nous prenions place sur le terrain. Willi le Rouquin donna le coup d'envoi.

Les batteries émotionnelles

J'aurais dû m'en douter, mais j'avais d'autres problèmes en tête.

Quand Mandela avait lancé, dans le vestiaire : « Nous prendre une tôle ? Alors ça, jamais ! », c'était sûrement pour se motiver elle-même et nous inciter à mettre un coup de collier. On avait deux bonnes raisons de le faire : un, la télévision et plusieurs journalistes de la presse écrite étaient là ; deux, le stade était plein. Que demander de plus ?

Pourtant, je n'avais pas l'impression que notre équipe entrait passionnément dans le jeu. Et moi non plus.

Ce n'est pas qu'on jouait mou, non. C'était sympa de se retrouver en face de Kongo-Otto et

compagnie, mais ce n'était pas pareil que la première fois, à Bagamoyo. Le public participait,
acclamait toutes les belles actions des deux
camps. Pourtant : quelque chose avait changé.

Pendant la mi-temps, au vestiaire, toute
l'équipe était un peu perplexe. On était à deux
deux, pas de quoi s'affoler. Nkwabi avait bien
senti que nous étions mécontents de ne pas avoir
donné le meilleur de nous-mêmes. Il essaya de
nous réconforter en nous expliquant ce que j'avais
peut-être pressenti, sans pouvoir le formuler.

— Vous avez énormément donné, ces derniers
mois, avant de partir. Vous attendez beaucoup de
ce match et ça fait des semaines que vous vous
mettez la pression avec ça. Alors ne soyez pas
étonnés de ne plus rien éprouver. Vos batteries
émotionnelles sont à plat.

— Jusque-là, vous n'avez pas mal joué, renchérit Hussein, mais si ça se trouve, maintenant,
vous allez nous épater.

— Il faut que Yakobo nous refasse un coup
d'éclat, c'est ça ? lançai-je d'un ton tranchant.

— Laisse tomber ! fit Sosovele en secouant la

tête. Ça ne se planifie pas, ces trucs-là. Yakobo fait très bien son boulot de gardien. Sinon on en serait déjà à cinq deux pour les Allemands. Le problème, c'est pas lui.

Nous écoutions, les yeux dans le vague, abattus. Ce que Nkwabi venait de nous dire n'était pas facile à comprendre. Ça avait peut-être à voir avec la psychologie, qui sait? En tout cas, moi, j'étais déjà content que Sosovele et lui ne nous aient pas chauffé les oreilles.

Un coup d'œil à la grande pendule accrochée au mur nous rappela qu'il fallait se préparer pour la seconde mi-temps. Sosovele se posta devant la porte.

— Quelqu'un veut être remplacé? Wilson et Lupembe ne demandent qu'à jouer.

Pas de réponse.

— OK alors on continue comme ça. On fera peut-être quand même rentrer nos deux remplaçants plus tard, mais pour l'instant, en piste! Et… pas de raison de se biler, hein?

Je ne l'avais jamais vu aussi détendu. Je trouvais plutôt rassurant que nos deux entraîneurs soient aussi compréhensifs, et ça nous faisait du bien, en plus. Je me demandais tout de même si ce n'était pas plutôt à moi, le capitaine, de remonter les bretelles de mes joueurs. Mais je m'en sentais incapable.

Sagement assis au milieu de nous, le petit Sam n'avait pas pipé mot. Il ne devait rien comprendre à ce qui se disait. En tout cas, il sentait que ce n'était pas le moment de l'ouvrir.

«Vos batteries émotionnelles sont à plat», avait dit Nkwabi. C'était bien la première fois que j'entendais une chose pareille, mais petit à petit je commençais à comprendre ce que ça signifiait. Moi-même je m'étais déjà inquiété de ne pas pouvoir imaginer ce qui allait se passer. C'était peut-être ce qu'il avait voulu dire. On réalise un exploit extraordinaire une fois, mais on est incapable de le renouveler. Cette idée m'attristait en même temps qu'elle me tranquillisait.

Ce serait peut-être différent quand on rencontrerait l'équipe junior de Borussia Dortmund. Mais maintenant, il faudrait qu'on se surpasse pour ne pas décevoir le public. On devait bien ça aux gens qui s'étaient déplacés pour nous voir et avaient payé leur entrée.

— Allez, on se ressaisit! lançai-je au moment où nous courions sur le terrain pour le coup d'envoi. Et ne faites pas ces têtes d'enterrement!

Ils me sourient tous : c'est exactement ce que je voulais. À ce moment-là, je ne peux rien faire de plus pour mon équipe. À part jouer moi-même aussi bien que possible.

Nos adversaires ne semblent pas se poser les mêmes questions que nous. Grâce à des combinaisons géniales, Nicki, Wölfchen, Kongo-Otto, Asaf et Jakob donnent du fil à retordre à nos défenseurs. Mandela n'arrive pas à sortir de la surface de réparation. Nicki n'avait pas tellement exagéré en surnommant Jakob le «nouveau Messi» : il fait des percées fulgurantes qui nous mettent sérieusement en difficulté.

Mais notre stratégie s'avère tout aussi efficace. Bien souvent, nous nous trouvons en position de marquer ; deux fois plus souvent, même, que lors du match de Bagamoyo. Seulement Soner, leur gardien de but, est aussi fort que notre Yakobo.

Grâce à plusieurs belles occasions de marquer, à des combinaisons subtiles et aux parades des deux goals, le jeu est vraiment vivant. L'enthousiasme du public nous oblige à déployer tout notre savoir-faire. Nos défenseurs font plusieurs passes magnifiques aux milieux de terrain, voire directement aux attaquants, mais ce n'est qu'à la quatre-vingtième minute que Mirambo marque. Dix minutes plus tôt, Nkwabi a remplacé Omari et Kassim par Lupembe et Wilson qui font très bien le job. Sur un corner, Mirambo se trouve en position de faire une tête. Sa frappe est imparable. Soner vocifère contre ses coéquipiers en première ligne.

Les gardiens de but veulent toujours faire porter le chapeau aux joueurs de première ligne.

Deux minutes plus tard, les autres marquent à leur tour, à la suite d'une passe magistrale de Nicki à Olaf. Olaf réceptionne et met un pointu pour passer à Jakob qui passe à René — et là, Yakobo doit se coucher sur le ballon (c'est-à-dire attraper le ballon derrière lui).

J'aurais dû m'en douter : cinq minutes avant la

fin, coup de théâtre ; pas de troupeau de vaches qui traverse le terrain cette fois-ci, non, mais, en désespoir de cause, Mandela saute sur Kongo-Otto, dans la surface de réparation, et le fait tomber. Je me dis : il ne va pas se relever. Mais Otto encaisse sans sourciller. Penalty. Yakobo peut-il renouveler son exploit ? J'ai des doutes. Qui va tirer ? C'est Nicki. Il place le ballon et tire. Yakobo plonge dans la lucarne et, d'une claquette, renvoie le ballon sur le terrain. Mais déjà Rudi et Wölfchen le récupèrent. Yakobo n'a aucune chance.

Nous avons perdu, d'accord, mais de justesse. Ce qui ne nous empêche pas de parader, tout contents, autour du terrain, avec le drapeau tanzanien, en saluant le public. J'aperçois Mama Lisa, le grand-père de Nicki, Rudolf et Levent, dans les premiers rangs. Ils sont tous venus. Derrière nous, le petit Sam Njuma caracole comme s'il avait marqué le but de la victoire, sous les applaudissements nourris du public. Le bruit court sans doute qu'il est notre mascotte.

— Je vous aurais bien invités chez moi, mais c'est trop petit. On va aller manger à la cantine de l'école. Tout est prêt, là-bas. J'ai encore quelques personnes à inviter, des gens qui voudraient discuter avec vous. Des journalistes.

Nous apprîmes ainsi que Willi était enseignant et travaillait dans l'école située juste en face du stade.

Nous n'avions qu'à nous doucher, nous changer et traverser la rue. Les joueurs allemands connaissaient le chemin puisque certains habitaient Ahlen.

Dans la cantine nous attendait un incroyable buffet : soupe chaude, nouilles, pommes de terre, riz, légumes, salade, poisson, viande, gâteau, fromage. Et plein d'autres choses que je n'avais jamais mangées. Mandela se servit une grosse escalope de porc, oubliant sans doute qu'elle était musulmane. Nous avions faim et terriblement soif, et n'étions pas tout à fait débarrassés de notre mystérieuse frustration, qui n'avait rien à voir avec notre défaite.

La femme de Willi était là, ainsi que leurs trois filles, toutes aussi rousses que leur papa. Elle se fit un plaisir de serrer tous les joueurs dans ses bras.

– Je suis contente de vous connaître enfin !
J'ai tellement entendu parler de vous.

C'est alors que Willi me prit à part.

– Nelson, il y a là un professeur qui voudrait
te parler !

Il m'emmena dans un coin où un jeune barbu
aux cheveux longs était attablé devant une assiette
bien remplie. Il avait une perle dans le lobe d'une
oreille. Ce n'est pas chez nous qu'on aurait vu
un prof se balader comme ça !

Nkwabi était assis à côté de lui. Comme d'habitude, il n'avait pris qu'un peu de salade. Willi et
moi nous assîmes auprès d'eux. Je me demandais
ce qu'il attendait de moi.

– Dans ton très beau discours, avant le match,
commença-t-il, tout en enfournant ses pommes
de terre, tu as évoqué tout ce que vous savez faire,
vous autres Africains.

Je le dévisageai, interrogateur, ne voyant pas
du tout où il voulait en venir.

– Alors, je trouverais formidable que tu puisses
venir dans ma classe et raconter un peu tout ça,
comment ça se passe chez vous, en Afrique.

J'étais stupéfait.

— Je… je ne connais que Bagamoyo, balbutiai-je. Parfois je lis le journal, mais c'est tout. Qu'est-ce que je pourrais bien raconter ?

— Comment vous vivez, par exemple. Et tout ce que vous savez faire, à part danser, comme tu le disais.

J'étais piégé. Je n'avais dit cela que parce que Sosovele nous avait reproché d'avoir dansé sur la Borsigplatz. Ne valait-il pas mieux refuser ? Ç'aurait été impoli. Je cherchai donc une échappatoire.

— Je vais y réfléchir. Je vous téléphone ?

Il me donna sa carte.

— Ça me ferait très plaisir, Nelson, vraiment. Tu pourrais peut-être venir avec ta sœur Mandela ? Ce serait formidable.

Je me levai et m'attardai un peu devant le buffet. Mandela, qui venait de se servir une seconde escalope, paraissait très contente d'elle. Même si elle était responsable du penalty. Elle avait plus d'assurance que moi.

Dans toute la cantine s'étaient formés des

petits groupes, Africains et Allemands mélangés, des joueurs turcs aussi et beaucoup d'adultes, probablement des parents ou des profs. J'aurais bien aimé les écouter, savoir de quoi ils parlaient, mais on ne peut pas être partout. Voilà une chose que j'ai toujours regrettée, mais, pour l'instant, je n'ai pas trouvé de solution à ce problème.

Parler de quoi ? Des éléphants ?

Dans le bus qui nous ramenait à Dortmund, c'était le calme plat. Certains d'entre nous dormaient : le match plus le copieux dîner, ils étaient rincés. Omari et Mirambo jouaient aux cartes. D'autres, comme moi, regardaient simplement par la fenêtre. Je méditais sur l'invitation du prof. J'en parlai à Mandela qui me demanda :

— On sera payés pour ça ?

— Aucune idée !

— Il m'a dit que vous toucheriez cent euros chacun, intervint Nkwabi. Il viendra vous chercher en voiture et vous ramènera.

— Mais, moi, je n'ai pas la moindre idée de ce que je dois dire ! rétorquai-je. Et puis, quand est-ce qu'on va faire ça ?

167

— Après-demain, quand les autres iront à Cologne. En plus, tu n'as même pas pris le temps d'y réfléchir, affirma Sosovele. Il y en a des choses, à raconter.

— Quoi, par exemple ?

Sosovele dut quand même réfléchir un peu avant de faire ses suggestions.

— Ce n'est pas une conférence sur l'Afrique qu'on vous demande. Vous avez douze ans et vous venez de Bagamoyo, alors parlez-leur de Bagamoyo.

— Et qu'est-ce qu'il y a de si particulier à Bagamoyo qui puisse intéresser les gens ? demandai-je.

— D'abord, vous pouvez expliquer tout simplement que la Tanzanie n'est pas un pays riche, qu'il y a peu d'industries et qu'il est difficile d'y gagner sa vie. Même quand on a du travail, on est beaucoup moins bien payé qu'ici, dans les vingt-cinq euros par mois. En cas de problème, les gens ne peuvent compter que sur eux-mêmes. Mais quand il le faut, ils s'entraident. Là-bas, on se parle bien plus qu'ici. Je vais te donner quelques exemples qui me viennent à l'esprit.

Regarde le petit Sam Njuma, là, derrière moi. Il a six ans. Il a appris à lire tout seul, avant même d'aller à l'école. Il fait des pieds et des mains pour apprendre l'anglais, et bientôt il le parlera parfaitement. Il discute en anglais avec tous les touristes. Qu'est-ce qui le pousse à faire ça ? L'enthousiasme, la passion ! Et qu'il devienne un jour footballeur professionnel ou pas, ça n'a aucune importance. Mais il ira loin, je te le garantis ! Les gamins comme lui, il faut les encourager, c'est pour ça que je l'ai amené ici.

Ton père, Nelson, quand il s'est retrouvé au chômage, il s'est laissé aller ? Il s'est mis à se saouler au café ? Il s'est apitoyé sur son sort ? Non ! Il a réfléchi et il a monté un élevage de serpents avec lequel il fait vivre toute une famille, plus un salarié.

Je prends un autre exemple : le père d'Omari. Avec le peu d'argent qu'il a, il s'est abonné à une revue pour apprendre à mieux cultiver son lopin de terre et faire de meilleures récoltes. Il suit toutes les formations possibles et imaginables. De sa propre initiative.

Au centre culturel de Nkwabi, des centaines de jeunes gens viennent des quatre coins du pays pour apprendre la danse, la musique, le mime et le théâtre. Ils ne font pas ça pour devenir riches mais pour faire passer des messages dans la région où ils habitent. Ils veulent écrire et jouer des pièces de théâtre pour expliquer comment on peut éviter d'attraper le sida. Ou sur les droits des femmes. Ou sur le problème des albinos… Et ce ne sont que quelques exemples.

Et puis, tiens, regarde Mirambo. Pour pouvoir aller à l'école, ce pauvre crétin a fait des trucs pas très jolis. Non pas parce qu'il est fainéant, mais parce qu'il a un objectif : apprendre, pour pouvoir un jour fonder une famille. Lui aussi mérite d'être aidé !

Les parents de Guido, qui sont arrivés à Bagamoyo sans un sou en poche, sont maraîchers aujourd'hui. Ils cultivent des fleurs, des légumes et tout ça, et ils en vivent ! Les exemples ne manquent pas à Bagamoyo !

Sosovele se tut un instant et regarda par la fenêtre.

— Le prof qui vous a invités fait partie de l'Amicale de Bagamoyo, poursuivit-il. Ces gens ont trouvé de l'argent pour rénover l'hôpital et plusieurs écoles, pour acheter des livres scolaires, aussi. Là, ils vous demandent quelque chose. Vous pouvez quand même vous donner un peu de mal, non ?

Sans avoir pris encore le temps de réfléchir à tout ça, j'avais toujours des inquiétudes.

— Oui, mais vous les adultes, vous connaissez toutes ces histoires.

— Tu en connais bien plus que nous ! Moi, dans ma belle villa, je m'occupe d'un tas d'autres choses, de mes actions et tout ce cirque ! Alors que toi, tu vis au milieu de tout ça. Et Mandela aussi !

Je tournai les yeux vers ma sœur. Elle n'était pas du genre à tourner sept fois sa langue dans sa bouche avant de parler, mais là, je la voyais toute pensive.

— Sosovele a raison, commenta-t-elle enfin, en pesant ses mots. Si ces histoires-là intéressent les gens, très bien. On en trouvera, sans problème !

Et moi, je pense aux deux cents euros. Avec ça, on pourrait s'acheter des fringues ou un vélo d'occasion. Et rapporter un beau cadeau aux parents. Réfléchis un peu, frérot : deux cents euros ! Il faudrait que tu travailles combien de temps au supermarché pour gagner autant ? Chez nous, un homme adulte doit bosser un an pour gagner ça !

— Je vais y réfléchir, dis-je, voulant mettre fin à la conversation et penser tranquillement au vélo que je pourrais m'acheter pour moi tout seul. Ils ont aussi des préjugés racistes, dans cette école ? Contre les Noirs, je veux dire ? J'ai lu ça quelque part.

Sosovele sourit.

— Je ne crois pas, mais ça peut arriver. C'est vrai que les Blancs ont toutes sortes d'a priori sur l'Afrique. Il se peut que quelqu'un vous dise que ce n'est sûrement pas en Afrique que vous avez appris l'anglais. Comme si nous n'avions pas de bonnes écoles ni de bons professeurs !

Ou bien il y en a un qui va vous sortir : « C'est pas votre faute si vous êtes noirs. » Alors là, il faut lui mettre tout de suite les points sur les « i ». Ces types-là devraient se regarder dans la glace ! Un sac de farine ce n'est pas franchement plus beau…

Il eut un rire hargneux.

— Et puis Rudolf sera là, il peut toujours intervenir. Ou bien se mettre à parler du parc naturel de Saadani, il en sait plus que moi sur la Tanzanie. Mais les personnages principaux, c'est vous ! Parce que vous êtes africains.

— Et s'ils posent des questions auxquelles on ne peut pas répondre ?

— Eh bien, vous dites simplement : « Je ne sais pas. » Vous avez douze ans, quand même… Si les gens vous posent des questions idiotes, répondez-leur par d'autres questions : que savent-ils, eux, de l'Afrique, par exemple ? Je serais curieux d'entendre leurs réponses.

Je ne voulais pas prendre ma décision à la va-vite. J'ai toujours besoin de réfléchir avant d'agir. Les exemples que Sosovele avait donnés étaient bien trouvés. Mais je me demandais si Mandela et moi aurions d'autres idées.

Le bus arriva Borsigplatz et tout le monde en descendit. Avec l'équipe au complet et quelques joueurs allemands, nous allâmes dans un café tenu par des Turcs, boire du Coca et des trucs comme ça. Mirambo s'accorda une bière et voulut fumer, mais aussitôt le serveur turc l'envoya dehors, avec sa cigarette.

Plus ça allait, plus nous nous détendions.

Ne pas tomber dans le piège

Le lendemain matin, je téléphonai au jeune prof pour lui dire que nous allions venir dans sa classe. La veille de notre match contre l'équipe junior de Dortmund, une voiture vint nous chercher à sept heures du matin. Le chauffeur n'était autre que le concierge du collège. Comme il ne parlait pas un mot d'anglais, nous eûmes le temps, assis à l'arrière, de nous préparer tranquillement à notre intervention.

Mandela n'était pas du tout inquiète : on allait très bien s'en sortir.

— Tout ce qu'a dit Sosovele, c'est très intéressant mais ça ne va pas pour nous. S'ils nous questionnent là-dessus, on sera perdus. Il faut parler de ce qu'on connaît. Le mieux, c'est : on commence par leur poser quelques questions à eux, et après on leur raconte la vie à Bagamoyo : on leur parle de notre famille et nos voisins, de l'élevage de serpents de papa, de Mzee Alex et de ses bateaux, de maman et de ses livres, des problèmes de drogue et des agressions sur la plage. Des touristes et des relations qu'on a avec eux. Ensuite : pourquoi on s'appelle Mandela et Nelson, pourquoi tu es luthérien et moi musulmane. On leur dit que nous sommes cent vingt dans notre classe, on leur décrit le marché, on leur raconte qui a fondé notre club de foot et pourquoi, etc. Qu'est-ce que t'en penses ?

— Tu crois que ça suffit pour deux cents euros ? demandai-je, dubitatif.

Mais en même temps je souriais, parce que Mandela avait toujours l'art de rendre très simples les choses compliquées.

— S'ils voulaient autre chose, ils auraient invité Sosovele, répliqua Mandela. Par contre l'histoire de Sam Njuma, sa passion pour le foot et le fait qu'il ait appris à lire tout seul, ça je voudrais le raconter.

Pendant les deux heures de notre « exposé », nous montrâmes, elle et moi, que nous faisions un excellent tandem. Et je n'exagère pas. Il n'y eut pas le moindre problème, parce que nous fîmes exactement comme Mandela l'avait suggéré. Nous prîmes soin d'intercaler dans notre exposé des histoires rigolotes et quelques pas de danse, car je sais à quel point ça peut être pénible d'écouter quelqu'un qui s'éternise sur l'estrade en jouant au professeur. Parfois, quand il avait le sentiment que ses élèves ne comprenaient pas, Rudolf intervenait pour donner quelques explications. Nous leur posâmes aussi deux ou trois questions. Ils en savaient long sur l'Afrique.

Le temps passa bien plus vite que je ne l'avais craint. Il n'y eut aucun silence pesant, aucune question sur la couleur de notre peau. Dans cette classe, il y avait même quatre élèves dont les parents étaient d'origine africaine. Et ils avaient l'air fiers que l'Afrique soit à l'honneur.

Toute la classe nous raccompagna jusqu'à la voiture. Je n'ai jamais serré autant de mains blanches de toute ma vie. Et les filles me firent la bise, ce que je trouvai plutôt agréable. En nous disant au revoir, Rudolf nous glissa une enveloppe dans la main.

– C'était formidable, nous dit-il. Vous avez vraiment mérité vos honoraires. La prochaine fois, vous viendrez avec Sam Njuma !

Les élèves, filles et garçons, nous firent de grands signes, jusqu'à ce que la voiture disparaisse de leur vue.

– Très sympa, cette classe, dis-je en triturant l'enveloppe. Je crois qu'ils ont trouvé ça bien.

– Ils n'ont pas trouvé ça bien, ils ont trouvé ça super ! corrigea Mandela.

L'enveloppe contenait cinq billets de cinquante euros.

– C'est trop, dis-je, je vais lui en rendre.

– Ça va pas la tête ? s'exclama Mandela en m'arrachant les billets. Avec les cinquante euros de trop, on va acheter des filets pour nos cages.

– D'accord, mais j'appelle le prof pour le prévenir et vérifier qu'il est d'accord.

Elle se contenta de sourire, ravie d'avoir autant

d'argent. Les scrupules, Mandela ne connaissait pas. Au contraire de Mister Nelson, le Poltron.

C'est vrai que Mandela était un peu mon arme secrète.

Une heure presque seul

Nicki traînait sur la Borsigplatz. Apprenant que Mandela était invitée dans une école, il avait renoncé à la sortie collective à Cologne. Pour ma part, je rentrai attendre le reste de la troupe à l'appartement. Nicki m'avait mollement proposé de me balader avec eux, mais quand j'avais refusé, ni lui ni Mandela n'avaient eu l'air tellement déçus.

À vrai dire, j'étais content de pouvoir être un peu seul. Ça me fatiguait d'avoir des gens autour de moi du matin au soir. À Bagamoyo, j'avais une bonne heure de tranquillité, le matin, quand nous allions chercher des bestioles pour les serpents de papa. Saïd ne me dérangeait jamais. Sa présence ne me pesait pas plus que le tee-shirt que j'avais sur le dos.

À force de penser à ces matins au bord du fleuve et dans les marais, la nostalgie me gagna. Je montai l'escalier d'un pas lent. Pas un bruit dans l'entrée, à part le ronronnement du frigo. J'allais me glisser dans notre chambre, quand Lisa ouvrit la porte de la cuisine.

— Ah, Nelson, quelle bonne surprise ! Tu viens manger un petit morceau de gâteau avec moi ? Il sort du four. C'est du gâteau aux pommes. Vous ne connaissez pas ça, chez vous ?

Et moi qui avais justement envie d'être seul ! Mais bizarrement, j'acceptai avec plaisir. Son magnifique gâteau trônait au milieu de la table. J'en pris une part, Lisa me fit un chocolat chaud ; elle prit un café et une cigarette. Nous étions assis à table, face à face, la radio jouait en sourdine, la fenêtre était ouverte.

— Alors, raconte ! Comment ça s'est passé, à l'école ?

— Sincèrement, très, très bien. Ils nous ont écoutés pendant deux heures. Ça n'a pas été trop difficile. On leur a simplement raconté comment c'est là-bas. La vie quotidienne, les bêtises qu'on fait parfois, on leur a parlé de notre équipe, du port, des voisins, des copains, etc.

— Je parie qu'ils vous ont posé des questions sur les éléphants et les lions.

Je ris.

— Tu sais, ils n'ont pas voulu nous croire, quand on leur a dit qu'on n'avait jamais vu ni lions ni éléphants. Eux, ils ont déjà vu au zoo tous les animaux qui vivent chez nous.

— Je vais te dire, Nelson : quand on parle de l'Afrique, ici, il est toujours question d'animaux, ou de guerres, ou de famine. Je t'avoue que je n'en sais pas beaucoup plus. À la télévision, on nous montre souvent des documentaires sur le Serengeti, je ne sais pas si c'est bien comme ça qu'on prononce.

— Je ne suis jamais allé dans le Serengeti. C'est bon pour les touristes qui ont de l'argent. D'ailleurs, comment je ferais ? Le matin je travaille, ensuite je vais à l'école, puis à l'entraînement, etc.

— Vous avez bien fait de ne pas leur parler de tout ça. Avant que vous ne repartiez, je voudrais que tu me racontes un peu plus de choses sur votre vie. Tu crois que je peux vous rejoindre, un soir, peut-être demain, après le match ?

– Bien sûr ! Ce sera un honneur pour nous, Mama Lisa !

– Ça me plaît que vous m'appeliez Mama Lisa.

– Tu sais, il y a eu une scène comique, à l'école. Je voulais leur raconter ma blague préférée, alors j'ai commencé : « C'est l'histoire d'un rhinocéros qui entre dans un supermarché… » Et là, je me suis rendu compte qu'on ne peut la raconter qu'en kiswahili. Ça ne fonctionne pas en anglais. Je me suis interrompu pour leur expliquer ça. Alors ils m'ont tous demandé de la raconter quand même, en kiswahili. Je l'ai fait. À la fin, ils étaient tous écroulés de rire. À tel point que l'instituteur de la classe d'à côté est venu voir ce qui se passait.

– Sûrement à cause de la façon dont tu as tourné ta blague, dit Lisa.

– Possible, dis-je avec modestie. Ensuite c'est Mandela qui s'est mise à raconter ses histoires drôles, elle était dans son élément.

– Je ne la connais pas très bien non plus, ta sœur. Ça doit être une danseuse formidable. Wölfchen l'adore.

– Et il n'est pas le seul.

Je ris, sans en dire davantage. Mais je n'en pensais pas moins.

– Comment trouves-tu ce gâteau ?

– Je n'en ai jamais mangé d'aussi bon.

Je le pensais sincèrement.

Nous bavardâmes encore une bonne heure. Je lui racontai tout simplement comment c'était chez nous, ce qui me passait par la tête. Elle voulait savoir encore une foule de choses. Si nous avions une machine à laver, si nous devions payer des frais de scolarité, si nos parents nous battaient, si ma mère travaillait. Ensuite, je lui parlai des solutions que nous avions trouvées pour pouvoir venir ici. Comment Sosovele avait avancé l'argent pour les chaussures de foot, les passeports et les visas. Parce qu'il ne voulait pas que nous arrivions ici comme des va-nu-pieds.

– Il y a des riches qui sont bien, dit-elle en me resservant.

C'était très agréable, ce moment passé avec Mama Lisa, à manger du gâteau aux pommes dans sa cuisine. Elle me rappelait un peu Helen du Travellers Lodge. Même si elle ne lui ressemblait pas du tout.

– Je vais te montrer comment danse Mandela.

Le sol bien lisse de la cuisine était parfait pour ça. J'exécutai quelques figures en frappant dans mes mains et en chantant de temps en temps. Évidemment, ce n'étaient pas les talents de danseuse de Mandela que je voulais montrer, mais les miens. Mama Lisa m'observait de ses yeux rieurs.

– Formidable ! Et tu sais comment on danse, ici ? Je vais te montrer.

Elle se leva, chercha quelques instants à la radio une musique adéquate et se planta devant moi.

– Tu passes ton bras droit autour de ma taille et tu poses ta main gauche dans ma main. Et maintenant on y va, en mesure.

Je ne mis pas longtemps à piger le truc, et bientôt je la guidais, comme j'avais vu faire au cinéma. Nous dansâmes ainsi cinq ou dix minutes.

On entendit alors sonner à la porte. C'était Mandela, avec Nicki et Jakob. Lisa mit tout de suite du lait à chauffer pour leur faire un chocolat. Il restait encore largement assez de gâteau. À peine étaient-ils assis à table que l'on sonna de nouveau à la porte. Comme Lisa était occupée, j'allai ouvrir. Soner et Wölfchen étaient là, tout sourires.

— Je viens voir si vous vous conduisez comme il faut chez ma mère, plaisanta Wölfchen. Tes parents ne se sont pas plaints de cette horde de Noirs, Soner ?

— Si. Ils veulent tout le temps prendre des douches chaudes. Et ils n'arrêtent pas de dévaler les escaliers comme des fous ; ils n'en ont pas chez eux, répondit Soner tout en louchant vers la cuisine. Ah, mais il y a déjà nos rois du dribble, Nicki et Jakob. Alors, demain c'est le grand jour ?

— Jakob et moi, on veut absolument voir le match, expliqua Nicki. On joue dans la même équipe, à Bornheim. On aurait bien besoin d'un gardien de but comme votre Yakobo.

— Vous n'avez qu'à l'acheter, il n'est pas encore

trop cher ! (Mandela s'interrompit pour ménager son effet.) Pour moi, par contre, il faudrait compter nettement plus !

Éclat de rire général. Nicki rougit légèrement. Soner et Wölfchen, qui s'étaient assis à table avec nous, se servirent une part de gâteau. La bonne humeur était générale.

– Vous avez un entraîneur correct, à Bornheim ? C'est bien comme ça que ça s'appelle ?

– C'est un entraîneur bénévole, répondit Jakob. Un des profs. Il est très bien. N'empêche que, la dernière fois, j'aurais bien aimé aller en Afrique jouer contre vous.

– Si ton paternel gagne bien sa vie, vous n'avez qu'à venir en vacances chez nous, proposa Mandela. Avec Nicki, même.

– Je vais voir si je peux convaincre mon père, répliqua Jakob avec un sourire. Et toi, Nicki ?

– Ce serait trop bien. Mon grand-père pense que Mandela et Nelson devraient rester ici quelques jours de plus. Il vous invite !

– Ah, ce serait cool, mais je crois que c'est pas possible, répondit Mandela.

Elle avait l'air désolée et j'imaginais pourquoi. J'intervins.

– Non, impossible : nos billets de retour sont déjà réservés. Et en plus, qui s'occuperait de trouver de la nourriture pour les serpents de papa ? Pour l'instant, on a confié cette mission à des amis, mais ils comptent sur nous pour rentrer en temps et en heure.

Lisa posa alors une question qu'elle aurait sans doute gardée pour elle si elle avait considéré que Nicki, Jakob, Soner et son fils Wölfchen étaient encore des gamins.

– J'ai l'impression que les jeunes Africains sont adultes plus tôt que les filles et les garçons de chez nous. Pourquoi ?

– Je ne sais pas ! répondit Mandela. Peut-être parce qu'on a moins de temps libre, moins d'argent, des parents plus sévères, plus de travail ?

C'était intelligent, comme réponse. Mais ça ne l'empêcha pas de prendre discrètement la main de Nicki, sous la table. Je n'avais rien contre.

– C'est vrai, on peut se le demander, conclut Lisa en reservant du gâteau à tout le monde. En tout cas, mes invités sont formidables. Pas du tout des bébés. Et la famille de Soner est ravie aussi. Ce sont de bons amis à nous.

— Soner devrait se laisser pousser les cheveux, ça lui irait drôlement bien !

Hanan et Hanifa venaient d'apparaître sur le seuil de la cuisine, un sourire jusqu'aux oreilles. Personne ne les avait entendues arriver. Heureusement, Lisa leur trouva deux chaises supplémentaires.

— Tu viendras à notre soirée rap ? demandai-je à Lisa.

— Et comment ! C'est bien la veille de votre départ ? J'ai déjà pris un billet.

— Ah, mais toi, tu ne paies pas, voyons ! lançai-je, d'un air important. Et les parents et frères et sœurs de Soner non plus.

— Alors j'offrirai mon billet à une amie. Quel dommage que vous deviez déjà repartir.

— C'est vrai, confirmai-je.

Les autres étaient de mon avis, ça se voyait.

Je pris un prétexte quelconque pour me lever et aller dans notre chambre. Je ne voulais pas que les autres voient mon trouble. Il y avait trop de désordre dans ma tête : d'abord cette peur de parler devant les élèves d'Ahlen, ensuite ma nostalgie de la solitude et des matins dans les marais, mon envie de revoir Helen, le plaisir de ce goûter avec Lisa, où j'avais fait le modeste pour, l'instant d'après, montrer comme je savais bien danser. Et tout ça en l'espace d'une heure.

Qu'est-ce qui m'arrivait ? Jusqu'à présent, j'avais été l'imperturbable Nelson qui maîtrisait toutes les situations. Je pensais à Nicki et Jakob. Si on avait pu passer plus de temps ensemble, on aurait certainement pu parler, tous les trois, de ces choses qui me perturbaient. Je m'étais attaché à eux, et pas seulement à cause de leurs prouesses sur un terrain de foot. Pareil pour Soner et Wölfchen. J'aurais bien aimé que notre visite dure plus longtemps, pour apprendre à mieux les connaître. Ce serait génial de pouvoir les revoir un jour, eux et tous les autres.

Le vacarme, dans l'escalier, interrompit mes réflexions. Les autres revenaient de Cologne, les bras chargés de sacs en plastique. Ils étalèrent leurs emplettes sur la table de la cuisine. Beaucoup de cochonneries, mais ça, c'était leur affaire. J'espérais que personne ne s'était fait pincer en train de voler. Enfin, je n'étais pas le chef de la police et, de toute manière, j'avais autre chose en tête.

Sam Njuma est monté sur des ressorts

— On est un peu en avance. Vous voulez jeter un coup d'œil au grand stade ? nous demanda Willi.

Nous ne voyions rien alentour. De quel stade parlait-il ?

— Juste à côté, là où vous voyez les huit grandes arches qui s'élancent vers le ciel. C'est ici que se jouent les matchs de Ligue 1. Il y a quatre-vingt mille places.

On n'avait pas compris qu'en face du stade Rote Erde où nous nous entraînions, il y avait un autre stade. On avait pris ça pour une usine. Willi nous conduisit le long des couloirs et tout à coup... incroyable ! Nous étions sur cette grande pelouse entourée de gradins qui montaient jusqu'au ciel, des milliers de places.

— C'est pas possible ! murmura Mandela en s'agrippant à mon bras. Je serais terrorisée si on...

Je ressentais la même chose.

— On aurait bien aimé vous faire jouer ici, mais pour les rencontres entre équipes junior, on n'arrive jamais à le remplir. Le Borussia Junior joue toujours en face, au Rote Erde.

Les autres joueurs aussi avaient eu une grosse frayeur. Des stades aussi monstrueux, on avait dû en voir à la télévision. Mais se retrouver dedans et s'imaginer en train d'y jouer, devant tant de spectateurs, c'était autre chose.

De nos adversaires, nous ne connaissions que ceux qui avaient dîné au restaurant avec nous, le premier soir. Ils s'installèrent dans les vestiaires, juste en face des nôtres. Levent, du fan-club Borussia Dortmund International, et Lars, leur entraîneur, vinrent nous saluer.

— Elle s'appelle Elke, me souffla Mirambo,

d'un air gêné, alors que nous courions vers le milieu de la pelouse.

Ce n'est qu'en voyant la grande blonde postée à l'entrée que je compris de qui il voulait parler. J'en conclus que Mirambo avait réussi à surmonter sa timidité pour lui demander son nom.

Je ne m'étais pas demandé un seul instant si on aurait du public.

— Huit mille personnes, sûr, pour l'instant, annonça Willi qui nous accompagna au milieu de terrain pour nous présenter l'équipe des arbitres. J'avoue que je n'ai pas retenu leurs noms. Il y eut ensuite le tirage au sort, puis nous serrâmes les mains de nos adversaires. Quand l'hymne national tanzanien retentit dans les haut-parleurs, chacun d'entre nous s'immobilisa, la main sur le cœur. Les joueurs allemands, dont cinq avaient notre couleur de peau, nous imitèrent. Le public applaudit chaleureusement tandis que nous allions nous placer. Soudain le silence se fit dans les tribunes. J'eus beau regarder autour de moi, je ne compris pas tout de suite pourquoi. Ici et là, des rires fusèrent, puis encore des applaudissements. Un groupe de spectateurs venait d'arriver : une cinquantaine d'hommes et de femmes vêtus de noir, défilant à la queue leu leu, le père Jonathan en tête.

Il nous fit de grands signes auxquels nous répondîmes. J'appris plus tard qu'il avait parlé de Bagamoyo et de notre association aux moines et aux religieuses de Dortmund qui, du coup, étaient venus en supporters. Ils s'installèrent sur les sièges situés derrière notre but, pour pouvoir admirer les prouesses de Yakobo. Sans doute le père Jonathan s'était-il encore appliqué à prier pour notre victoire. Et peut-être avait-il même incité la confrérie tout entière à en faire autant.

J'avais hâte que le match commence ! Et toute l'équipe aussi. Avant le coup d'envoi, je jetai un regard à la ronde. Dans les premiers rangs, je reconnus le grand-père de Nicki, Elke debout, un petit drapeau tanzanien à la main, à côté d'elle Mama Lisa et Willi. Il y avait aussi – et je ne m'y attendais pas du tout – au moins une dizaine de membres de l'équipe contre laquelle nous avions joué l'avant-veille. Je reconnus Nicki, Jakob, Olaf, Kongo-Otto, Asaf, Soner et quelques autres. J'étais pratiquement sûr qu'ils allaient nous soutenir.

Sosovele, Sam et Nkwabi étaient assis sur le banc de touche, avec nos deux remplaçants. Sam Njuma avait enfilé le maillot aux couleurs de la Tanzanie qui lui arrivait jusqu'aux pieds. Il nous regardait, l'air crispé et furieux, comme pour nous menacer d'une raclée si nous faisions des conneries.

On démarre très fort! Pendant les cinq premières minutes, l'équipe adverse n'a pratiquement jamais le ballon. On le contrôle parfaitement en se faisant de belles passes. J'ai retrouvé mes esprits. Je jette un coup d'œil vers Mandela : elle sourit et fait le V de la victoire. À la sixième ou septième minute, nous réalisons une superbe action collective, initiée par Hanan qui passe à Kassim sur l'aile droite, Kassim me fait une passe, je remonte en sprintant, cherchant une occasion (de faire une passe). Deux joueurs de l'équipe adverse me contrent, j'arrive à me démarquer pour une frappe tendue vers le milieu de terrain, devant Mirambo qui récupère, se retourne et tire.

Un à zéro pour nous.

Je ne m'attendais pas à ce qu'on marque aussi tôt ! L'entraîneur adverse gesticule en criant quelque chose à ses joueurs. Debout, le poing tendu, Sam Njuma jette un coup d'œil moqueur vers le banc de touche des adversaires.

Tu ne vas pas me croire, mais ici aussi toutes les belles actions, tous les buts des deux équipes étaient salués par les mêmes applaudissements enthousiastes.

Le jeu restait rapide dans les deux camps. Je trouvais les attaques de nos adversaires remarquables. Ils étaient sacrément bien entraînés ! Et quelle rapidité ! Il ne fallait pas rêver : le but qu'on venait de marquer n'était pas celui de la victoire. Mais nous n'avions pas encore brûlé toutes nos cartouches, comme on dit. J'étais pratiquement sûr que Mandela et Saïd nous réservaient encore des surprises. Tout à coup je vois ma sœur remonter au centre, dribbler deux ou trois adversaires, passer le ballon à Saïd qui se trouve sur l'aile gauche. Celui-ci conduit le ballon jusqu'en milieu de terrain, se fraie une place avec une feinte de corps et… réussit un tir cadré. Le gardien saute en l'air et dévie le ballon du bout des doigts pardessus la transversale. Corner.

Là, on aurait dû marquer. Kassim tire un corner très haut, Mirambo, déjouant ses marqueurs, reprend de la tête et envoie le ballon dans le coin inférieur. Mais le gardien de but l'arrête par un magnifique plongeon carpé.

Là aussi, on aurait dû marquer.

Mais l'équipe adverse est sur ses gardes. Et son goal est au top ! Dommage !

Je m'aperçois que Saïd s'est avancé assez loin, sans le ballon, ses marqueurs toujours sur les talons ; le bruit a dû se répandre qu'il est dangereux. Sur une passe de Hanifa, il se précipite, sans même s'être retourné, comme s'il avait des yeux derrière la tête. Il récupère le ballon du bout du pied, sous le nez des adversaires, et l'envoie directement dans le but. Irrattrapable.

Deux à zéro pour nous.

Sam est fou de joie : il danse au bord du terrain sautant sur place comme s'il était monté sur ressorts. Sosovele, lui, garde son flegme ; il discute avec l'entraîneur de l'équipe de Dortmund, comme s'il le connaissait depuis toujours.

Quel public fantastique ! Il y avait même eu un concert de sifflets quand Mandela s'était vu infliger un carton jaune, tout à fait mérité d'ailleurs : elle avait fait un croche-pied à un adversaire trop rapide, sur la ligne médiane. Il avait fallu la retenir pour qu'elle ne saute pas littéralement à la gorge de l'arbitre. Et je te prie de croire que nos craintes n'étaient pas exagérées. On la connaît, ma sœur…

À la mi-temps, je profitai que nous sortions du terrain pour balayer les tribunes du regard. Il y avait pas mal de scolaires, mais la majorité du public était des adultes. Des familles entières avec leurs enfants. Une ambiance d'enfer. J'aperçus deux caméras de télévision et une kyrielle de photographes. Willi avait drôlement assuré, côté publicité. Sur le chemin du vestiaire, je ramassai un tract qui traînait par terre. On y voyait une photo de notre groupe de rap : c'était manifestement une invitation pour le lendemain soir. J'avais complètement oublié ! Je ne comprenais pas un mot de ce qui était écrit, mais une chose était sûre : tous les gens présents dans le stade avaient eu ce tract. Il y en aurait peut-être quelques-uns pour venir nous écouter.

Quand même, depuis le temps, j'aurais dû apprendre à être un poil plus optimiste. Fallait-il que je me sente responsable aussi du succès ou de l'échec de ce concert de rap ?

Enfin, on ne se refait pas, comme dit maman.

Pendant la deuxième mi-temps, le rythme du jeu s'accéléra nettement dans les deux camps. Nous étions tentés de jouer en retrait, pour conforter notre avance. Exactement l'inverse de ce que Sosovele nous avait ordonné dans les vestiaires.

– N'oubliez pas que c'est votre dernier match ici. Il faut les laisser sur une bonne impression. Alors Nelson, Guido, Mandela, Hanan et Mirambo, défoncez-vous un peu plus ! Vous aurez tout le temps de vous reposer quand vous serez vieux.

Tu ne seras pas étonné si je te dis que je n'avais pas réussi à mémoriser les noms des adversaires. Alors, ça n'a pas tellement de sens de décrire leurs magnifiques actions. Je ne peux quand même pas écrire : *le Camerounais, le blond aux grandes oreilles, le petit aux jambes arquées*. Ça ne t'avancerait pas beaucoup.

Une demi-heure avant la fin du match, comme convenu, Nkwabi fit rentrer les remplaçants.

— Il faut bien qu'ils aient leur chance, eux aussi. Pour avoir quelque chose à raconter, chez eux !

En plus, Kassim et Saïd avaient besoin de souffler. Saïd, notre sportif de haut niveau, était cuit, ça se voyait.

Pendant un quart d'heure, on aurait dit que notre défense allait s'effondrer ; même Mandela jouait en retrait, car les attaques étaient de plus en plus ciblées et dangereuses. Nos adversaires multipliaient les occasions de marquer. Yakobo déployait tout son savoir-faire. Le public acclamait bruyamment chacune de ses parades. Mais, à cinq minutes de la fin, nous étions trois à deux.

Allions-nous encore perdre ? Je profitai d'une remise en jeu pour faire part de mon inquiétude à Mandela.

— Il manquerait plus que ça ! siffla-t-elle. On va les massacrer, je te dis !

Ma sœur avait l'air lessivée, elle aussi. Elle s'était donnée à fond. Mais ce n'était pas ça qui allait l'arrêter. Tout à coup, la voilà qui part en trombe, traversant tous les rangs, sans regarder ni à droite ni à gauche, et au lieu de faire une passe à Mirambo qui est bien placé, elle tire de toutes ses forces dans la lucarne. Trois à trois. Messi n'aurait pas fait mieux. Sauf que peu de temps après, elle allonge un attaquant adverse devant notre surface de réparation. Frein de secours, évidemment. Elle prend le carton rouge sans broncher. Sosovele l'embrasse et lui tape sur l'épaule. Elle a joué magistralement. Maintenant, le public siffle, bien que la décision de l'arbitre soit justifiée. Je vois le père Jonathan fulminer comme s'il en avait après le diable et tous ses démons, et plusieurs bonnes sœurs sifflent à tout va, deux doigts dans la bouche.

Sans Mandela, les gens trouvaient le match moins intéressant.

Ce n'est pas pour me vanter, mais figure-toi que, pile à ce moment, je marque un but dont je rêve encore aujourd'hui. Une action collective fantastique de Hanan, Mirambo et moi, deux passes, trois passes entre les rangs, et je récupère le ballon. Je shoote violemment entre les jambes d'un adversaire. Imparable. Un tir d'une puissance inouïe! Quand il voit le ballon arriver, le gardien reste immobile, comme une statue, la stupéfaction gravée sur le visage.

Quatre à trois pour nous!

Juste après, on siffle la fin du match. On a gagné de justesse. Contre une excellente équipe. Embrassades. Échange de maillots, presque à regrets : ils sont tellement pleins de souvenirs!

Il y a des sales types partout

Le stade ne se vidait que lentement. Des spectateurs s'arrêtaient tout le temps pour discuter avec
nous ou nos adversaires. Beaucoup de rires et
d'accolades partout. Du coin de l'œil, je vis
Sosovele et Sam monter dans la tribune d'honneur pour saluer Kloppo. Partout ça bourdonnait
comme dans une ruche. Des gens jouaient des
coudes pour nous prendre en photo. Sam Njuma
réapparut, l'air tout à fait confiant, visiblement
satisfait de son entrevue avec Kloppo. J'étais
curieux de savoir ce que Sosovele et lui avaient
négocié avec l'entraîneur.

Alors que j'aurais dû être déjà sous la douche,
je m'attardais sur la pelouse, avec Levent, Nkwabi

et Willi. Nous avions donné des interviews tous les quatre et je n'avais pas vraiment suivi ce qui se passait autour de moi.

C'est alors que deux jeunes gens en costume noir, chaussures noires bien cirées et cravate s'avancèrent vers nous.

– Nous sommes journalistes. On peut parler allemand, ici ? demanda le plus petit des deux, avec un sourire.

– Anglais, ce serait mieux pour que nos hôtes comprennent, répliqua Willi.

Je voyais bien, à sa mine, qu'il n'était pas à l'aise. Connaissait-il ces deux types ?

Ils parlaient assez bien l'anglais.

– Je peux voir vos cartes de presse ? exigea Willi, d'un ton que je ne trouvais pas très poli.

Ils sortirent de leur veston une petite carte plastifiée, avec leur photo. Willi y jeta un bref coup d'œil.

– Alors allez-y, posez vos questions, dit-il de mauvaise grâce.

Ce fut encore le petit qui parla le premier.

– Nous avons vu que ces Afros savaient jouer

et nous en parlerons volontiers. Si, si ! Ils sont formidables, agiles comme des gazelles ! Mais on a deux ou trois questions : le voyage pour venir ici, ils l'ont payé eux-mêmes ou bien est-ce M. Levent qui a collecté de l'argent en Turquie ?

Ils ricanèrent. Je les trouvais déplaisants, ces deux types.

— Vous avez une autre question ?

Willi était de plus en plus rouge et de moins en moins aimable.

— Est-il exact qu'on a obligé des classes entières à venir au match ? Sans payer l'entrée ? Et sur ordre des directeurs d'école ? Pour remplir les gradins ?

À ce moment-là, tante Käthe, la gardienne du stade, se fraya un chemin jusqu'à nous et lança d'un ton hostile :

— Tu ne connais pas ces types, Willi ? Ça fait longtemps qu'on aurait dû leur interdire l'entrée du stade. Ils sont peut-être bien sapés mais c'est vraiment des fouille-merde !

Les deux autres ricanèrent.

— Vous devriez faire attention, ma petite

dame, susurra le petit. Il ne faudrait pas oublier qu'on est en démocratie. Nous avons le droit d'exercer notre métier dans les lieux publics. Si de l'argent public est gaspillé pour une bande de ploucs, il faut alerter l'opinion.

Levent et Nkwabi bouillaient de rage.

— Venez, nous lança Willi. Je ne savais pas de qui il s'agissait. Je suis navré.

— Aujourd'hui ils ne viennent plus en uniforme nazi mais bien propres sur eux, comme des représentants en cosmétiques, déclara Levent. Et ils se faufilent partout. J'aurais dû te prévenir, Willi.

— J'ai tellement honte vis-à-vis de nos amis Africains, répondit celui-ci.

Mama Lisa, que je voyais seulement maintenant, avait dû entendre l'altercation. Elle me prit par l'épaule.

— Il y a des tarés partout, la consolai-je, la voyant honteuse, elle aussi.

— Je suis désolée que tu aies entendu ça. On se retrouve au Diwan. J'y vais tout de suite pour rejoindre mon amie. Je te garde une place, si tu veux.

Le Diwan était plein à craquer. À un moment donné, après le dîner, les serveurs turcs écartèrent les tables. Nous voulions faire de la pub pour notre soirée rap. Nos six danseurs firent la démonstration d'un des morceaux, mais sans musique car nous n'avions pas le CD. Nous les accompagnâmes en tapant des mains et des pieds et en faisant des trilles. Il y eut des applaudissements à tout casser.

Mandela ne serait pas Mandela si elle n'avait pas fini par un petit solo. Elle me fit signe de la rejoindre mais je n'étais pas d'humeur à danser.

Je ne voyais plus Hanan et Soner. Nicki attendait, debout près de la porte, que Mandela ait fini son interlude.

— Pff, je vais prendre un peu l'air ! s'exclamat-elle en passant près de notre table.

On peut aussi appeler ça comme ça ! Ensuite elle disparut pendant une heure et Nicki aussi.

Le père Jonathan arriva plus tard, malheureusement sans ses nonnes et ses moines. À en juger par son regard, il avait encore bu un petit coup avec eux. Il s'assit sur la chaise libre qui était en face de nous.

– Mister Nelson, je ne vais pas reprendre l'avion avec vous. Il faut que j'aille à Rostock rendre visite à mon vieil ami, le père Henschel. Je lui ai promis d'aller voir avec lui un match du Hansa Rostock. Les pauvres, ils viennent de basculer en deuxième division !

Sur ce, il se leva pour aller au bar.

– Pourquoi vous a-t-il accompagnés, au fait ? demanda Lisa. Comme directeur de conscience ?

– Il devait nous servir d'interprète. Et il nous a donné plein de tuyaux sur la façon de nous conduire, chez vous. Mais on a eu tellement de choses à faire pendant tous ces jours qu'on ne l'a presque pas vu, finalement. Et puis tout s'est très bien passé.

– Il est vraiment sympa, commenta Lisa.

Du rap tanzanien dans une brasserie

Le concert de rap aurait lieu dans le hall d'une brasserie qui faisait en même temps salle de spectacle. Il était annoncé dans tous les journaux, me raconta Sosovele.

Lisa, Mandela, Kassim et moi étions allés en ville, la veille. Je n'avais pas la moindre idée de ce que nous pourrions rapporter à nos parents. Heureusement, Lisa était de bon conseil. Nous achetâmes pour maman des sacoches de bicyclette qui lui seraient bien utiles pour aller au marché. Pour papa, une superbe boîte à outils. Je pensais que Mandela se précipiterait dans les boutiques suivantes mais elle était très effacée, ce jour-là, pour ne pas dire un peu triste.

– Quelque chose qui ne va pas ? risquai-je en ayant déjà une petite idée sur la question.

– La vie continue, répondit-elle simplement en baissant les yeux.

Nous rapportâmes nos emplettes chez Lisa. Celle-ci mit un jean et un chemisier léger. Mandela aussi se changea : pantalon noir et un chemisier jaune. Qu'est-ce qu'elle était belle, ma sœur !

– Les cinq autres viennent aussi comme ça, m'annonça-t-elle. Jaune et noir, noir et jaune. Ça plaît ici !

– Surtout, n'oublie pas le CD, lui recommandai-je.

Elle remonta les escaliers quatre à quatre et revint avec le disque.

Devant la porte se pressait la foule des gens qui voulaient entrer. À l'intérieur, on entendait un bourdonnement continu de rires et de voix. J'avais déjà remarqué à l'appartement que Mandela était un peu stressée, mais elle ne voulait pas le montrer. J'allais me chercher une place dans la salle quand elle me retint par le bras.

— Vous allez vous mettre en demi-cercle sur la scène. Je compte sur toi pour organiser ça, d'accord?

— Tu aurais pu me prévenir plus tôt, grognai-je.

Elle se contenta de me sourire.

— Oui, mais tu vas le faire quand même, mon frère chéri!

Les loges des artistes se trouvaient derrière la scène. Mandela y disparut, me laissant pour ambitieuse mission de rameuter mon équipe. La foule, surtout des jeunes, était tellement compacte que je ne pouvais pas m'y frayer un chemin. Comment allais-je retrouver mes joueurs?

— Là-haut il y a un micro, me dit Sosovele. Tu sais t'en servir, maintenant.

Je montai donc sur scène et fis une annonce en kiswahili, sur un mode assez rigolo, en me tortillant comme un clown. Le public applaudit, croyant que le spectacle avait déjà commencé. Mirambo, Guido, Saïd, Wilson et les autres rappliquèrent les uns après les autres. Je leur expliquai ce qu'on attendait de nous et regardai ma montre. 19 h 05.

Au même moment, la musique démarra à fond et nos six rappeurs montèrent sur scène, d'un pas très lent et balancé, comme s'ils s'ennuyaient. Mais en un éclair, ça changea du tout au tout : ils se mirent en mouvement et dansèrent sans interruption pendant plus d'une heure. Les morceaux s'enchaînaient sans temps mort et les danseurs changeaient de position tellement vite qu'on en avait le tournis. Personne n'arrivait à les suivre des yeux. Au centre Kassim gesticulait comme un boxeur, tandis qu'à droite et à sa gauche Mandela et Guido faisaient des claquettes en vrais professionnels. Nous formions derrière eux comme un décor vivant. Le public était transporté. Fabuleux. Dans la cohue des spectateurs, je voyais plein d'Africains. Nos six rappeurs entonnèrent leur petite chanson sur notre voyage en Allemagne tandis que Kassim et Mandela traversaient la scène en imitant une dame et un monsieur très bien, des touristes allemands en vacances en Afrique. Dans la salle, les gens se tordaient de rire.

Oh là là ! Mais c'est qu'ils sont bien noirs. Oh là

là ! *Ils sont affreusement noirs*, chantaient-ils en anglais d'une voix aiguë avant de reprendre en kiswahili. Certains, dans le public, comprenaient peut-être tout le texte. Ce que je ne souhaitais pas, à vrai dire.

Dehors, ça s'était rafraîchi, alors que dans la salle on étouffait. Les six rappeurs étaient en sueur, on voyait bien qu'ils se donnaient à fond.

Avant de partir, je n'avais vu que des bribes de leur spectacle. Ils avaient beaucoup travaillé. J'aurais vraiment bien aimé y participer, seulement voilà : quand on est capitaine, il faut faire des sacrifices.

Après le spectacle, Allemands, Turcs et Africains restèrent assis dans la rue un bon moment à bavarder. Lisa était avec nous, comme si elle faisait partie de l'équipe. Et le grand-père de Nicki aussi. Il y avait une ambiance géniale. Cette soirée fut, pour reprendre les mots de Willi, un franc succès.

— Formidable prestation, je suis très fier de vous, dit-il. Presque tous les fan-clubs étaient là. Il y avait des gens jusque dans la rue !

J'avais perdu de vue Hussein et Nkwabi

depuis un moment. Je les aperçus alors qui sortaient d'une baraque à frites et venaient vers nous.

— Nelson, demain soir c'est le départ ! me lança Hussein. Je veux tous vous voir à neuf heures, avec Willi et le père Jonathan.

— Où ça ? maugréai-je, déçu qu'il nous ramène à la réalité.

— Dans l'annexe de la Maison de l'Amitié, sur la petite place qui est au bout de votre rue, répondit Willi. Il y a une salle où on peut se réunir, j'ai vu ça avec eux. Maintenant, le dernier tram ne va pas tarder à passer. Il va falloir lever l'ancre.

Lisa passa son bras sous le mien et nous nous mîmes en route.

Les projets d'avenir de Sam Njuma

Je me demandais bien de quoi nos deux entraîneurs et Willi voulaient nous parler. Les entraînements ne devaient reprendre qu'à notre retour
à Bagamoyo. Notre séjour ici était bel et bien
fini.

Dans les couloirs du local de l'Amicale circu-
laient plein de gens de toutes couleurs de peau,
sous la conduite d'une grosse dame indienne. On
déplaçait des cartons, on essuyait des tables pour
y installer verres et boissons. Je n'avais pas la
moindre idée de ce qu'était une Maison de
l'Amitié.

Nous étions tous assis autour d'une table, les
treize joueurs, Willi et nos entraîneurs, lorsqu'on

frappa. La porte s'entrouvrit et le père Jonathan y passa la tête.

— C'est bien ici ?

— Entre Jonathan, et ferme la porte derrière toi !

Pourvu que ça ne dure pas trop longtemps, pensai-je. Je voulais retourner en ville avec Lisa.

Hussein Sosovele s'assit près de la fenêtre, juste à côté d'un tableau noir, les pieds sur la table. Il avait sans doute laissé le petit Sam Njuma à l'hôtel.

— Ce dont nous allons parler ici doit rester entre nous ! Cela ne regarde personne. (Il ôta ses pieds de la table.) Amis sportifs, hier, avec l'aide de Willi, j'ai compté la recette. On a récolté pas mal d'argent, que ce soit à Ahlen, au stade Rote Erde, ou hier soir. Si je déduis ce que j'ai dépensé pour les chaussures, les passeports et tout ça, il reste quelques milliers…

— De schillings ? interrompit Kassim.

— D'euros, andouille ! Nous sommes en Allemagne. La démocratie, ce n'est pas que de la théorie. Je veux que nous décidions ensemble de ce que nous allons en faire. Après tout, c'est vous qui l'avez gagné, cet argent.

Que voulait-il dire ? Que nous pouvions répartir la somme entre tous les joueurs ? Personne ne réagit. Mirambo sortit son paquet de cigarettes, mais un regard de Nkwabi suffit pour qu'il le remette dans sa poche. Hussein prit un morceau de craie et se leva.

— Chacun d'entre vous peut faire une proposition : j'écrirai tout au tableau. Ensuite, nous voterons. N'oubliez pas que notre club s'appelle le « Saadani Social Club ». Je vous dis ça comme ça.

Nouveau silence. Hussein promena tranquillement son regard à la ronde. Des tas de pensées me traversaient la tête. J'essayais de les mettre en ordre, ce qui n'était pas facile. J'aurais voulu avoir plus de temps pour réfléchir à tout ça.

— Remettre en état le terrain de Bagamoyo, suggéra Mandela. Les cages et le reste.

Sans commentaire, Hussein écrivit ce point numéro un au tableau.

— Finir de construire le club-house, près du terrain, proposa Kassim.

– Et pourquoi pas une boutique où on vendrait des produits pour nos fans ?

Cette proposition de Yakobo suscita l'hilarité générale.

– Acheter un minibus pour pouvoir aller jouer ailleurs, dit Guido.

Des rires fusèrent de nouveau. On n'aurait jamais assez pour un minibus.

Hussein avait tout noté, sans faire la moindre remarque.

Il y eut encore un long silence. Jusqu'à ce que Saïd prenne la parole.

– On devrait se débrouiller pour que Mister Mirambo puisse quitter son trou à rats et avoir un peu de pognon pour vivre.

Cette proposition me plaisait bien. Quant à moi, je n'avais aucune idée. Une fois de plus, je ne me sentais pas à la hauteur. J'aurais bien demandé au père Jonathan ce qu'il en pensait, mais j'avais trop peur qu'il veuille tout prendre pour la mission. On sait bien comment ils sont, ces curés ! Au même moment, il prenait la parole.

– Je ne fais pas partie de l'équipe, c'est à vous

de décider que faire de cet argent. Mais si je peux proposer quelque chose…

Sosovele approuva d'un signe de tête.

— Vas-y, mon père !

— Je ne sais pas combien vous avez au total, mais je crois qu'il ne faut pas tout dépenser. (Il marqua une pause pour réfléchir.) Vous pourriez, par exemple, verser une certaine somme, mettons 100 euros, à chaque joueur. Pour dédommager sa famille qui a dû assumer seule tout le travail, en son absence. Le reste, vous le mettez sur un compte bancaire, au nom du club. Et quand il y a quelque chose à payer, vous en discutez entre vous et vous décidez. Comme ça, si Mirambo a besoin d'argent, il pourra en avoir tout de suite.

— Je m'occuperai de lui, déclara Nkwabi.

— Avec un compte approvisionné, vous aurez de quoi payer les déplacements en cas de match à l'extérieur, vous n'aurez pas besoin de faire de l'auto-stop.

Je trouvais sa proposition judicieuse et j'étais curieux de savoir comment Sosovele allait y réa-

gir. Peut-être achèterait-il des actions pour spé-
culer avec notre argent et le faire fructifier tant
et plus. Je me trompais. Quand tout le monde
eut donné son avis, il dit :

— Je m'en doutais depuis longtemps, mais à
présent, c'est une certitude : les Blancs ne sont pas
plus bêtes que nous !

Tout le monde se tourna vers le père Jonathan. Il partit d'un éclat de rire qui nous sortit
tous de nos ruminations. Sous sa barbe grise, le
prêtre devint carrément rouge. Mais Sosovele leva
la main.

— Attendez, attendez. C'est Willi qui a mani-
gancé tout ça. Il dit : nous ne voulons rien. Mais
je pense qu'on devrait donner dix pour cent
au fan-club BVB International pour ses projets
sociaux. Qu'est-ce que vous en pensez ?

Aucune hésitation : on était tous d'accord.
Willi protesta, mais il ne pouvait pas s'opposer à
une proposition qui faisait une telle unanimité. Il
nous offrit une tournée. Puis il se leva pour prononcer un discours solennel.

— Par votre façon d'être, avec votre optimisme

et votre bonne humeur, avec la soirée rap et vos deux matchs formidables, vous avez conquis beaucoup de gens, ici. Vous avez aussi grandement fait honneur à l'Afrique ! Et nous ne sommes pas près d'oublier Sam Njuma. Il sera un jour un grand footballeur, ce que vous êtes déjà tous.

Il se rassit. J'étais ému jusqu'aux larmes. Mais pour moi, et pour les autres, je me dis : « Non, tu ne pleures pas, pitié, pas ça ! » Devais-je ajouter quelque chose, moi, en tant que capitaine ? Non, c'était trop me demander. Je me levai tout simplement et sortis sans un mot dans la rue.

Dehors, je trouvai Sam tout seul, ses chaussures de foot aux pieds, qui faisait des claquettes sur le pavé. C'était le moment ou jamais de le questionner sur l'entraîneur du Borussia.

— Dis-moi, Sam, tu as parlé à Kloppo. Qu'est-ce qu'il t'a dit ?

— Il m'a dit que je n'avais pas assez de pratique de jeu pour pouvoir intégrer son équipe mais qu'il fallait absolument que je le recontacte dans dix ans. À ce moment-là, il verra quel poste il peut me proposer.

— Et tu vas le faire ?

Sam réfléchit, shoota dans une boîte de conserve, dans le caniveau. Il sortit une carte de visite de la poche de sa chemise et me la montra, sans la lâcher : Jürgen Klopp, Borussia Dortmund (BVB).

— Honnêtement, il a raison quand il dit que je manque de pratique de jeu. Il ne va pas m'acheter les yeux fermés, évidemment. Mais si je n'ai pas de proposition intéressante d'un autre club, il pourra compter sur moi.

Il sortit un mouchoir de la poche de son pantalon et se moucha. Ce voyage lui aura au moins appris ça : se moucher.

— Tu es content de rentrer, Sam ?

Il rempocha son mouchoir en faisant beaucoup de manières.

— Oh oui ! Et j'espère qu'ils auront bientôt fini, là-dedans. Je veux aller m'acheter des baskets. Je ne peux pas marcher tout le temps avec ces godasses raides comme du bois. C'est le père Jonathan qui gère mes vingt euros. Il viendra peut-être avec moi pour m'aider — comme interprète, je veux dire. Quoique mon anglais soit déjà pas mal. Kloppo m'a dit ça, aussi.

À ce moment, les autres sortirent de la Maison de l'Amitié et se dispersèrent dans des directions différentes selon ce qu'il leur restait encore à faire avant de boucler leurs valises. Je partis à pied avec Lisa, Saïd et Mandela. J'avais la bougeotte. Nous voulions aller manger une glace italienne en ville avant de partir, ce que nous n'avions pas trouvé le temps de faire jusqu'à présent.

Lisa connaissait le meilleur glacier à des kilomètres à la ronde. Quand nous y arrivâmes, le père Jonathan et Sam Njuma étaient déjà attablés, sous un parasol, devant une énorme coupe de glace. Et Sam portait des baskets toutes neuves.

C'était un peu comme si nous avions déjà entamé le voyage de retour.

«*Yes, sir!*»

Je préfère ne pas raconter les adieux! Chacun peut imaginer ce qu'ont pu ressentir Hanan et Soner, Mandela et Nicki, et les autres. Pour ma part, je m'efforçai de détourner les yeux et de garder mon calme, tout en serrant contre moi mon nouveau sac de sport.

Lorsque tout le monde monta dans le bus pour aller à l'aéroport et que je regardai une dernière fois par la fenêtre, je compris d'où venaient mon désarroi et cette douleur inconnue : c'était bien la première fois que je vivais des adieux pareils! On s'attache à des gens que l'on ne reverra sans doute jamais. On échange nos adresses en promettant de s'écrire. Mais moi, je pressentais déjà qu'on ne s'y tiendrait pas. Et je te jure que ça, ça te fiche par terre.

Il y a de quoi péter un câble si on ne se ressaisit pas. Ce qui m'a sauvé, ce sont ces paroles de Mama Lisa : « Tu seras toujours le bienvenu chez nous, mon cher Nelson ! »

Ce qui m'a aidé aussi, c'est de penser à la maison, à Bagamoyo : notre retour là-bas. Retrouver les petits déjeuners avec mes parents. Revoir Mandela s'admirer devant la glace. Partir de nouveau tôt le matin avec Saïd dans les marais en quête de grenouilles et de mangoustes. Me rappeler combien ça sent bon le matin, au bord de l'eau, et me dire que les arbres y sont toujours en fleurs, que l'on soit parti ou pas.

Est-ce que Mzee Alex et ses fils se seraient bien acquittés de leur mission dans les marais ? Mirambo aurait-il enfin un logement correct et un travail honnête ? Comment notre équipe trouverait-elle des adversaires, maintenant que nos joueurs avaient de superbes chaussures de foot ? Toujours de nouveaux problèmes à résoudre !

Je ne savais vraiment plus où j'en étais ! J'étais

encore en train de lutter contre les larmes, que déjà le quotidien et les soucis me guettaient au tournant.

Enfin, comme dit maman, on ne se refait pas. Et elle comprend beaucoup de choses, maman, mais saurait-elle répondre à toutes les questions qui me turlupinaient ? En fait, je préférais ne pas les lui poser. Les parents ne doivent pas tout savoir.

Je souris à cette pensée, tout en donnant mon passeport au contrôle.

– Tu as l'air content de rentrer chez toi, me dit gentiment l'employé en tamponnant mon passeport avant de me le rendre.

– Yes, sir ! répondis-je en lui souriant.

Qu'est-ce que j'aurais pu répondre d'autre ?

Quelques repères...

Nelson : Moi, le capitaine de notre équipe.

Mandela : Ma sœur jumelle. Nous jouons dans la même équipe de foot. Nous sommes nés le 9 mai. Nos parents nous ont donné ces prénoms parce que, le même jour, Nelson Mandela devenait le premier président noir d'Afrique du Sud. Ça nous vaut parfois des remarques stupides.

Fan-club du BVB International : Le club du Borussia Dortmund réunit des amis dans le monde entier et soutient des projets sociaux. Il y a quelques années, il a acheté à notre club Saadani des maillots, des ballons et des sacs de sport. Son président est Levent Aktoprak.

Ruhr : Région de l'ouest de l'Allemagne qui compte plusieurs grandes villes et beaucoup d'industries.

L'Amicale de Bagamoyo : Association de Beckum, dans le Land de Rhénanie-du-Nord-Westphalie, qui soutient des projets chez nous, à Bagamoyo. Présidée par Rudolf Blauth.

Boma : Ruine de l'édifice du gouvernement allemand datant de l'époque coloniale. Il a besoin d'être restauré d'urgence.

Bongo Flava : Nom donné par plaisanterie au hip-hop tanzanien de Dar es-Salaam. Titre d'un CD du Haircutting Saloon.

Bwana (prononcer *bouana*) : « monsieur » en kiswahili.

Jürgen Klopp (surnommé Kloppo) : Entraîneur du club de foot allemand Borussia Dortmund (BVB) à l'époque où j'ai écrit ce roman.

Mzee (prononcer *msê*) : Titre honorifique donné chez nous aux hommes et aux femmes âgés et sages.

Mzungu (prononcer *msoungou*) : Mot qui désigne les Blancs en général. À l'origine, cela signifiait : « Les gens qui ne nous comprennent pas. »

TaSUBa : Centre culturel de Bagamoyo pour la danse, le mime et le théâtre ; fondé à l'époque coloniale.

Nkwabi Ngangasamala : Entraîneur, dans notre histoire.

C'est, en fait, un de nos instituteurs. Chaque année il se rend en Allemagne pendant quelques semaines pour dispenser des cours de percussions dans les écoles.

Umoja wa Tanzania («Unité et Tanzanie») : une des chansons figurant sur le CD Bongo Flava.

Yambo : « bonjour » en kiswahili.

Les joueurs de notre équipe : Nelson (moi), Mandela, Hanan, Hanifa, Mirambo, Saïd, Yakobo, Tutupa, Guido, Omari, Kassim – Remplaçants : Wilson, Lupembe.

Les joueurs de l'équipe allemande : Otto, Asaf, Soner, Nicki, Paul, Jakob, René, Rudi, Wölfchen, Yanik, Olaf.